Verstand & Kürzungen

Helmut Krausser

VERSTAND & KÜRZUNGEN

Gedichte

DUMONT

FSC
www.fsc.org
MIX
Papier aus verantwortungsvollen Quellen
FSC® C083411

Erste Auflage 2014

Umschlag: Nurten Zeren, zerendesign.com
Satz: Fagott, Ffm
Gesetzt aus der Scala
Druck und Verarbeitung: CPI books GmbH, Leck
Gedruckt auf säurefreiem und chlorfrei gebleichtem Papier
Printed in Germany
ISBN 978-3-8321-9618-9

www.dumont-buchverlag.de

Inhalt

NEUE GEDICHTE

■

Ich zähle 20.000 Krieger
im Lager der Feinde.
Nur einen in meinem.
Mich.
Die Chancen stehn pari.
Die Schlacht geht weiter.

morgenzigarette,
rom. im stehn, am tresen
die rosa sportgazette
überblättern/lesen.

gran caffè con latte.
knacken und geknister
einer schellackplatte.
der tenor von trister

stimme lobt die liebe.
passanten stehn und lauschen.
dazwischen taschendiebe,
die beutestücke tauschen.

verstorbenen tenören
und eben frisch beklauten
touristen zuzuhören,

war groß, in rom, im lauten
morgenmenschenstrom.

■

Ich summte in Madrid
mal eine Melodie,
und du erkanntest sie
und summtest leise mit.

So summten wir zusammen.
Beim Zusammen-Summen
zeitgleich zu verstummen,
weil wir zwei in Flammen

standen – das – war groß,
ku- & fu- & glo-rios.

Folgte: *Hadsch d'Amour* –
Venedig, dann Paris.
Folgte: Das und dies.
Viel Klein-Gemeines. Nur

zwei Sommer summten wir
unsre Melodie.
Mitunter sing ich sie
allein. Die Zeit mit dir,

vom Ende abgesehn –
in summa – war doch schön.

War heute bei meinem
ersten Treffen der
Anonymen Größten Lyriker
aller Zeiten.
Außer mir nur
geisteskranke Scharlatane da.

Doch einen, den fand ich
doch rührend.
Er hielt sich
allen Ernstes für:
mich.
Und sah mir gar ähnlich.
Zugegeben:
Der Mensch war mehr ich,
als ich selbst es noch bin.

Er las einige meiner besten
Gedichte laut vor. Auswendig.
Ich applaudierte ihm. Als einziger.
Da sah er zu mir her
und runzelte die Stirn.

Gemeinsam verließen wir
das Gebäude. Er zeigte
ständig mit dem Finger
auf meinen Kopf und drohte,
daß er mich verklagen wird.
Es sei, sagte er, eine
Frechheit von mir,
so herumzulaufen, mit diesem
schlecht gefälschten Schädel.

Ich kann kaum eines
meiner Gedichte auswendig,
werde vor Gericht chancenlos
sein, aber: Warum auf was bestehen,
das keinen Bestand hat?
Soll er halt machen. Egal.

Ein Spatz von Spatzengröße ist
nicht frech noch klein noch süß.
Todesmutig landet er
zwischen allen Stiefeln,
die ihn zertreten könnten, um
vom Boden eine Krume
aufzupicken. Er ist gierig, zu
allem entschlossen und
bewundernswert.

San Michele, Venezia

Ein schwarzer Friedhofskater, der
uns ansah, lange, seinen Nacken
sträubte, denkbar kurz zum Kacken
innehielt, alsdann leger,

graziös, auf eine Mauer sprang,
von der aus er den Wellengang
betrachtet hat, wir fanden das
beeindruckend – es hatte was.

Zugleich zu leicht, zu viel, zu schwer.
Da das Tier und dort das Meer.
Die Toteninsel – und wir zwei.

Als hätte nichts mit nichts zu tun,
als wäre alles schon vorbei –
und würde heimlich in sich ruhn.

■

komasaufen?
amoklaufen?

zwischen beiden
sich entscheiden

müssen, weist
doch hin, zumeist,

auf einen zwang
zum schaffensdrang,

der mit sich kein
zufriedensein

in dieser welt
für möglich hält.

nach den träumen nüchtern,
das fest kaum mehr
als schmerz vorhanden,
jeden spiegel bitten:
zeig mir, einmal noch,
mein bild, dann
stürz ich mich hinein.

noch was machen wollen vor dem schlaf
machen wollen etwas schönes etwas
kleines schönes nein heut nacht
nichts großes mehr nur irgendwas
noch machen vor dem schlaf

ich hab die nacht
allein verbracht
an dich gedacht
gedicht gemacht
hier bitte schön

■

wär ich am ende, verrotten, verkauft,
hätte sogar die grammatik versauft
und läg mit zerlöcherten taschen

gebranntweint zwischen zwei flaschen,
von denen eine schon leer,
die andere erst zu leeren wär,

ich hätte doch vergangenheit
und zukunft noch,
ein bißchen von dem
und ein bißchen von dem.

Weine bitte leiser –
dieser Ort ist voller
Geister toter Kaiser,
die alleine weinen wollen.

Gibt auch keinen guten
Grund zu weinen: Bist nicht
tot, mußt nicht mal bluten,
lungerst oben noch im Licht,

darfst, in Rom, am Leben
sein, das ist so groß –
weißt du was? Daneben

ist der Rest bedeutungslos.
Mach was draus. Sei Kaiser –
oder eben etwas leiser.

■

turin ist eine gute stadt,
um den verstand, den dir das leben
im lauf der zeit geliehen hat,
wie ein kostüm zurückzugeben.

nackter irrsinn kann ein fest
in würdiger umgebung sein.
entblößt, erlöst, den letzten rest
von contenance hinauszuschrein –

die ritterrüstung sprache wieder
loszuwerden, die erschleichung
neuen säuglingsglücks. exil.

das ende der verbrauchten lieder.
durchdachte flucht im großen stil.
vielleicht auch nur: gehirnerweichung.

klum-selektion

ihr blick ist vom vorüberziehn an linsen
so leer, als wäre zwischen kinn und stirn
nur werbefläche – mittendrin ein grinsen –
und hinter allen stirnen kein gehirn.

der fohlengang auf hohen schuhen wühlt,
derweil man noch berät, wer besser ging
und besser geht, in meinem mitgefühl,
der anlaß, zugegeben, scheint gering.

gören gieren nach viel geld, viel näher
kommen sie der kohle nie. die eine
mit persönlichkeit, die kam ja eher

nicht so weit. bin fassungslos. ich meine –
statt ein sonett zu schreiben, will ich wissen,
wer heut ein foto hat und wer verschissen.

■

welche helden, wenn nicht wir,
brannten drunten tief im feuer,
links von uns das ungetier,
rechts von uns die ungeheuer?

wann denn bitte, wenn nicht dann,
hätten wir ins licht gesehn,
gestaunt, wie man nur staunen kann,
beim bis zum hals im feuer stehn.

freunde, so, wie das mal war,
wird es nie mehr wieder sein,
sei denn, wir würden einst erwachen,

aus unsrer asche, wunderbar
verjüngt, um frech im sonnenschein
ganz neue flammen zu entfachen.

■

Dies ist ein Gedicht.
Es reimt sich aber nicht.
Es plätschert so dahin,
letztendlich ohne Sinn.

Es möchte Zeilen schinden,
Epochen gar verbinden,
mit einem großen Bogen.

Doch tut es das ja nicht.
Das kleine Scheiß-Gedicht
ist einfach nur verlogen.

■

Wenn vom Meer am Abend kühle
Winde wehen, denen Kranke
ihre Wunden zeigen, denke
ich an dich. Und wenn das Land
um Atem ringt, am Mittag, auch.

Die Möwen schreien oder lachen.
Niemand weiß das so genau.
Wohl nicht einmal die Vögel selbst.
Schreien oder Lachen – beides
ist ja selten ganz verkehrt.

Die Gischt im neuen Morgen, dieser
Glitzertanz aus Nichts und Licht,
erinnert nur noch mehr an dich.
Verzeih, das ist schon bös gemeint.
Wenn du auch fehlst, bin ich erlöst.

■

vollmond. dorf und schnee. der spielzeugladen
bietet, wenn er aufhat, blechsoldaten
zum halben preis an, toll. doch jetzt hat hier
nur noch der postwirt offen = gösser-bier,
jukebox undn kippenautomaten.
senf mit würschtln auch, der schweinebraten
ist schon aus, und lina sagt: komm, kauf mir
eine schachtel dames, rauchen wir!
kriegstn kuß dafür, wennst willst, mit zunge!
dames spricht sie aus wie lahmes. junge
geschäftemacherin und ihrer schönheit
schon bewußt, mit zwölf, die keimzeit
eines merkantilen eros, dreißig
schilling wert, ich liebe sie, und fleißig,
vor kälte zitternd, rauchen wir den großmond
an, ich krieg den zungenkuß, belohnt
bin ich und außer mir, so rein, so stark
war das, in einem dorf der steiermark,
neunzehnhundertsechsundsiebzig.

■

wieder ist es mitternacht.
ich hab den bösen langen tag
zuletzt herum- und umgebracht,
getötet mit dem zwölften schlag.

jenes gestern wirft noch schatten
ziellos durch die stillen zimmer,
stunden, die ihr leben hatten,
laufen auf und ab, für immer,

verlieren ihre bilder, leiden,
laufen leer und lernen schweigen
wie wir menschen, wie wir beiden,

in dem elend tristen reigen
toter tage nach dem kleinen
glück der zeit, um das wir weinen.

warten auf worte
im garten des neuen
die blüte im unkraut
ich brüte und warte
auf worte im garten.

beharre auf ordnung
und starre ins chaos.
ich hasse, was wurde
und lass es nicht los.
zu leben ist alles.

■

an einem sonn- und sonnentag,
im frühen sommer, sah ich sie
zum ersten mal, am see, sie lag
im gras und las, ich hätte nie

gewagt, zu fragen, was, und wär
so gern mit ihr allein gewesen
auf der welt, und sah sie sehr
verstohlen an beim lustlos-lesen.

sie ließ das buch oft sinken, um
den blick ins leere blau zu heben,
rieb ihr kinn und seufzte leise.
als sei sie für das buch zu dumm.

und auf ganz rätselhafte weise
hat ein moment, der vorderhand
pointenlos versank im sand
der zeit, mir ziemlich viel gegeben.

Aus der Reihe: Kafkas Opfer. Heute: gregor s.

als ich in sein zimmer trat,
fand ich gregor schon verwandelt.
wußte weder, was ich tat,
noch, daß es sich um gregor handelt.

simsilibim

sicher hätt' er drum gebeten,
ihn zu erlösen, einzuschläfern.
ich habe ihn, was man mit käfern
halt so tut – spontan zertreten.

sumsulubum

seither find ich kaum noch ruh,
fühl mich schuldig, geh in bars,
randaliere, sauf mich zu

semselebem

und brülle: nur ein käfer wars,
kein mensch. schuld hat der literat,
der gregor soviel böses tat.

samsalabam

■

täglich begegnen dir mindestens dreizehn
reizende frauen, benutzt du die u-bahn
in einer der größeren städte, an allen
wirst du, diskret und zu feige, vorbeigehn,
du ahnst es und ahnst es, so vieles ist
heute so grad noch – doch bald nicht mehr
möglich, du weißt es und weißt es.

■

ungare laschsuppe, teller fünf eus,
wie schlecht gewürztes nasenblut,
klar wär man in stalingrad drum froh
gewesen, das zu schlürfen, denn von
fressen kann die rede, bei nur
einem fleischstück, eigentlich
nicht sein, und nur touristen zahlen
dafür am gendarmenmarkt,
die morgen nicht mehr da sein werden,
den koch zu foltern. wir jedoch,
wir hungrigen, verspottet, mußten
los, konzert, musik war uns
bekannt, dem dirigenten auch
so halb, den abend voller wut
beendete um mitternacht
mein satz aus trotz: jetzt laßt uns noch
zum potzplatz gehn, ins spielcasino.
welche schnapsidee! indes –
es hätte ja auch anders laufen
können, trösteten die freunde.
keiner sei gestorben oder
schwer verletzt.

■

mir wurde niemals irgendeine
illusion geraubt, ich hab sie
alle nach und nach im pfandhaus
abgegeben und bekam –
für jede etwas weniger.

und als mir keine illusion
geblieben war, erwies sich ja
auch das als eine, nur zu geld
zu machen war sie
nicht mehr, nein.

recherche 6

nach einer erfüllenden suche tatsächlich
die wahrheit zu finden, beendet das glück.
der sieg, den man feiert, betäubt nur die einsicht,
daß irgendwas war – es kehrt nie zurück.

■

silhouetten der großen kräne am morgen,
vom frost auf die kräne geklebte krähen,
blau-schwarze risse im dunkel, draus
schält sich ein himmel, das ende der
freiheit, nichts sehen zu müssen.
man sagt dann so dinge wie rom
ging unter, doch ich bisher nicht,
so lächerlich wichtige sätze im
halbschlaf, man müßte uns lieben
dafür und für anderes auch,
tolstoi sagte, es seien zwar alle
menschen bislang gestorben, doch
keiner von denen sei tolstoi gewesen.
ach tolstoi.

■

die von regentropfen feuchte
zigarette rauchen, zwischen
zitterfingern jene glut,
die um jeden millimeter
des papiers noch kämpft. so ist,
wie ich vor jahren einmal schrieb,
in einem gleichnis gut beschrieben.

jedesmal ein omen wars,
wenn das blättchen riß und platzte,
der saft der tabakfäden bitter
schmeckte, krümel sich verfingen
in den zähnen, sich verfärbten,
und die glut, mit einem leisen
zischen oder, lautlos fast,
erlosch.

■

ein weißes blatt
birgt potential
und was es mal
zu tragen hat,
ob randnotat,
ob großgedicht –
das weiß es nicht.

es sieht dich an –
so ganz genau –
wie eine frau
den ersten mann.
es läßt dich ran
und schweigt dazu.
sonst schwiegest du.

■

nichts ist ferner als versäumtes,
nichts so nahe wie sein schatten,
der leb- und formlos lange schatten
des versäumten, der uns immer
wieder streift, damit wir ja
auch nichts von dem jemals vergessen,
was wir aber doch nie hatten.
war es denn die möglichkeit?

nur, weil wir es hätten haben
können, brennt es sich in unsre
haut, und brennt nicht mal, die schatten
sind nicht heiß noch kalt. nur alt
und traurig, ohne ziel und zeit.

Oben bei den Sternen wohnt
die Poesie, für die es sich
zu schreiben und zu sterben lohnt.
Unten die Gemeinheit, die mich

kitzelt, peitscht und blutig beißt,
sich laut an meiner Schwäche freut,
die manchmal Zucker, aber meist
nur Salz in meine Wunden streut.

Die Kioskfrau erwähnt, daß ihre
Tochter meine Verse in der
Schule eifrig diskutiere.

Freut mich. Bis ich höre, daß
der Lehrer alt, ein böser Schinder
sei, gefürchtet und gehaßt.

die mädchen, die uns mit so wenig
so viel hätten geben können, die uns
nichts und, ohne es zu wissen,
alles gaben – gepriesen seien sie.

sonnenaufgangsharfen klirren
reifbehangen. klänge aus
metall.

weißbesporte hügel. nebelfasern.
frierend trag ich eine tasse
tee

in meinen garten, zeit und atem
mischen sich, zersetzt im dünnen
glanz.

du noch immer, sagt die sonne.
ich schon wieder, sage ich.
leise.

■

das unvorstellbare hinter den fenstern,
verschlossenen fenstern –
ich, das letzte taumelnde insekt des jahres,
stehe davor, und wo mein blick nicht
hindurchdringt, schafft es vielleicht mein
schrei.
ich möchte, daß er morgen, wenn die
fenster offen stehen und er mich ganz
verlassen hat, klingt
wie das sanfteste
lied.

Rom, die Kapuzinergruft

Tausende Schädel dort haben kein Grab.
Den Höhepunkt bildet ein nacktes, adrett
mit Sense bewaffnetes Kinderskelett –
es baumelt an Draht von der Decke herab,

hat vorher in einer Prinzessin gesteckt.
Gebeinchen von Adel gemahnen die Welt,
daß alles, was blüht, schon in Bälde verfällt.
Morbideste Botschaft, die Widerspruch weckt.

Ich finde viel eher, den meisten wird Zeit
genug zugeteilt, um so manches aus ihr
und sich zu gestalten. Die Endlichkeit leiht

berückende Reize dem Heute und Hier.
Gelobt sei die Klinge, die über uns schwebt.
Sie schärft Existenzen, macht glänzen, was lebt.

■

Fingernägel kauend seh ich,
aus dem Fenster eines Busses,
wie die stillste Nacht hereinbricht.
Mags nicht sehen, aber muß es,
wie die Zukunft sich allmählich
ans Leben ohne mich gewöhnt.
Draußen schneit es, drinnen steh ich,
ruhelos und unversöhnt.

Gipfeltreffen

Die Literaturnobelpreisträgerin
Elfriede Jelinek
erklärt Christoph Schlingensief
zu einem der größten
je gelebt habenden Künstler.

In diesem Satz
zusammengefasst ist
alles Elend meiner Zeit.

leer und müde meine qual
zersetzt sich nicht mehr in
den versen die ich um sie
winde lorbeer wird zum
dornenkranz mir fehlen
sieben letzte worte oder
acht.

Poem, fast Musik

Kein Urvokal
kommt nun zweimal.
Kein o taucht
auf, bevor nicht
i erfolgt und a.
Gedicht, das nottut.
Pentaphonisch gut.

Vom Zweck mißbraucht,
vom Zufall bedingt,
planlos, unecht klingt
mir alles zuvor
nach Spreu im Ohr,
schaurig, verroht,
Kunstgewix, halb tot –

und problematisch
undemokratisch.

als du krank warst, hab ich dich
ja nie besucht, das tut mir leid.
ich wünschte jetzt, du hättest mich,
als du es wußtest, eingeweiht.

und bin dir dennoch dankbar, daß
du so diskret dein todesurteil
aller welt verschwiegen hast,
aus purer selbstsucht dankbar, weil

ein mädchen damals bei mir schlief,
mir schöne stunden voller leben
schenkte. armer freund, verzeih!

wir beide wußten stets, wie tief
die liebe geht. zugrunde? eben.
der tod dagegen geht vorbei.

■

ein unvorherhörbarer schrei
zerteilt die nacht in zwei bereiche,
welt, die ist, und welt, die war,
wie eine zelle, die sich teilt,
die trennung ist formal endgültig,

mit jeder notration an atem,
die man in der lunge wärmt.
verloren sind drei freundinnen,
wohl auch mancher eichenglaube
wie das tieferinnenultra,

jene glut, der puls, das peitschen.
doch ich zeitentaumler habe
die alten städte nackt gesehn,
hab aus schmerz und scham gelernt,
was sattsam sache ist, was nicht.

wir waren ja schon morgen da
und werdens gestern wieder sein.
wievieles wir verhandelt haben,
nur um nun genau zu wissen,
was wir hatten, endlos alles.

Aus dem Zyklus über die Schönheit der weiblichen Leiche – heute: Ein Dutzend *Inconnues*

zwölf im stall erhängte mägde
– schlimmstes bild der odyssee –
das mich wie kein andres prägte,
heut noch, wenn ichs wiederseh,

im innenkino, hängt die frage
zwölffach da, wozu die tat
geschah, und, ja, warum die sage
darauf nicht verzichtet hat.

als würde dienerinnen je
zur wahl gestanden haben, sich
den freiern der penelope
zu verweigern. lächerlich.

odysseus wird zum henker, der,
um seiner gattin zu vergeben
(was denn?), rache übt. homer
erfährt davon, erzählt es eben.

jenen anonymen frauen
gibt niemand ihre namen wieder.
mir hingegen gab das grauen
stoff für gruselige lieder.

ist das die botschaft vom gedicht?
nein, kein poem, das beste nicht,
verleiht posthum dem wahnsinn sinn.
kunst ist kunst und hin ist hin.

In mir ist keine Zelle mehr des Mannes,
dem du einst verfielst, verzeih, man kann es
keinem übelnehmen, dem das Fest
des Lebens alles gab, wenn er als Rest

all dessen, was er war, noch existiert.
In Zeitnot, überlebenslaut. Und friert.
Wieviel blieb unerwähnt und geht
für immer fort – was noch entsteht,

was aus mir kommt, das kommt gekrochen,
vom Joch aus Angst und Wut geduckt.
Es wirkt den Feinden hingespuckt,
verachtungsvoll, doch halb erbrochen.

Zwei Dithyramben

I

Pulsbeschleuniger, schnellerer Beat!
Ins morsche Holz laß Äxte hauen,
mach die Galeere zum Unterseeboot!
Hinunter mit dem Geisterschiff,
peitsch meine Rudersklaven blutig,
hiss meine schwärzesten Flaggen, lass
beide Herzkammern fluten, Tauchgang!
Den schärfsten Torpedo gesattelt und ab,
hinaus in die Nacht bis zur Atemnot.
Als eines von vielen prächtig
verschleuderten Feuern möchte ich
brennen, wunschlos dann leben.

Um mich her, ganz seltsam, tobt
noch immer meine, *meine* Zeit –
ich hab sie längst vorbeigewunken,
von ferne betrachtet, vergraut und passé.
Aber sie lebt, und auch ich will noch leben,
gönnt mir, bevor ihr mich ganz für euch habt,
im Bauch der Städte ein Tiefseegebrüll,
ein Rendezvous unterm Lichtkarussell,
schlanke Schatten von Mädchenhänden,
im Schnuppenregen des Stroboskops.

Hier lieg ich auf Knien, ungebeugt,
möchte mich wie ein Tierkind freuen
am Atem, an jeder Körperbewegung,
feiern, von Träumen und Pflichten befreit.
Blutdurchpumptes, schwitzendes Fleisch!
Irgendein stilvoller Abgang findet
dich notfalls im Schlaf. Laß dich gehen!
Heißt es nicht, Winter und Whisky versprächen
einen sanften, erträglichen Tod?

II

wir haben uns fast wund geliebt.
und während du im bad warst, schrieb
ich ein gedicht für dich und ging.
die straßen blinkten naß, ich fing
zu rennen an, lief durch den wind,
die nacht ein blaues labyrinth,
leise sang ich mit dem regen
duette, schrill, in funkelnd schrägen
mollseptakkorden, tanzte mit
dem schmalen roten mond und ritt
auf wolken, die zerfasern wollten,
himmelaufwärts, engel tollten
um mich her, verdammt weit unten
lag die stadt mit ihren bunten
lichtern ausgebreitet, groß,
so still und laut, so atemlos,
als wäre sie gerannt und hielte
inne, schnappte luft und spielte
mit den häusern wie ein kind,
dem alle dinge spielzeug sind.

ich schrieb dir vorhin ein gedicht –
laß es liegen, lies es nicht.
es war nicht halb so gut wie dieses.
nimms aus meiner hand und lies es.
tunke deine kleine zunge
in jede silbe, die ich schrieb.
komm und schlürf aus meiner lunge
alle luft, die mir noch blieb.

■

Drunten, die rauschenden Frühlingsfeste,
beim leisen Belauschen der lästernden Gäste
kommt mir so etliches hoch, zwischen Neid,
Entsetzen und beinahe Mitleid.

Besser, ich geh an den See und lösche
am Ufer die brennenden Frösche,
bevor ein Gewitter mich samt
und sonders zum Nichtstun verdammt.

■

lange schlangen schlanker blondinen blockierten den gang
vor meiner penthousesuite im besten hotel von paris,
entrückt und verzaubert von meiner verse ätherischem klang –
nett – doch mühsam und wohl auch zu logisch wäre denn dies.

stattdessen hock ich einsam in einer germanischen klitsche
ohne wanne noch kühlschrank oder balkon, seh fern,
allein nach der lesung mit lauwarmem weißwein, switche
vierzig kanäle rauf oder runter. und lebte mal gern.

melos

es klingt und singt leise noch immer.
es kommt aus der ferne am abend,
schnüffelt am fenster und streichelt
zärtlich die klinken der türen.

du wußtest, es ist nie gestorben,
es lebte in dir, überlebte
die jahre des irrsinns im stillen.
jetzt ist es da, und die morgen

entschlüpfen erleichtert der nacht
wie glücklich der liebe verlobte
zerlebte mätressen verlassen.

nah ist der tag, an dem es
die offenen türen durchschreitet,
platz im palast nimmt, als sei nichts gewesen.

17.2.98

Sicher starb er aus Versehen.
In einem Traum, der ihm gefiel.
Und schreitet über leichte Brücken,
wie wir im Frühmärz ohne Ziel
am Weiherschilf spazieren gehen,
beim Tanz der Ersttagsmücken.

Ein Käfer läuft – und Adern tauen
Blütenkelche aus dem Eis.
An diesem Tag ist alles groß.
So, im Immer-Tiefer-Schauen,
im Fund, verlor er sich. Ließ los.
Und träumte fort. Ob er es weiß?

■

hügellandschaft voller anmut,
mädchen, bleib in diesem licht,
halt inne, laß dich ansehn, gut,
daß ich es bin, der dich bespricht,

besingt, verklärt, verehrt, ich bin
dein zeuge und der beste, fühle
dich geehrt, und nimm es hin,
wenn ich ein wenig in dir wühle,

um deine tiefe sozusagen
adäquat, von lust beseelt
und leidenschaft, zu übertragen,

der zukunft deinen zauber nah
zu bringen, dafür bin ich da,
und dir zu leihen, was dir fehlt.

der unterschied zwischen gut und genial

in der aktionärsversammlung der telekom 2003
durften aktionäre zettel mit fragen beschreiben,
die eingesammelt und dem vorstand
zur beantwortung gereicht wurden.
einer der zettel las sich wie folgt:

*»ich bin rentner und habe mein
gesamtes vermögen verloren. was
sagen sie jemandem wie mir?«*

einer der herren vom vorstand ergriff
draufhin das mikrofon und sprach:

*»mit der börse ist es ja so: sie können
unendliche gewinne machen, aber
nur 100 % verlust.«*

er hätte ja sagen können, fanden wir später,
immer noch lachend: *»ihre aktien mögen
momentan sehr wenig wert sein, aber sie
besitzen immer noch dasselbe stück
vom kuchen wie zuvor.«*

aber das wäre eben nur *gut* gewesen,
nicht *genial.*

das zauberreich betreten –
drin ist alles groß.
gibt vieles anzubeten,
dort, und manches los
zu lassen, das dich hemmt.
du willst soviel und bist
bescheiden und verklemmt.

das zauberreich, das ist
der ort, den du begehrst,
betrete ihn, solang
du singst, erfreut, als wärst
du längst, und schon von anfang
an, dort ein und aus
gegangen, wärst zuhaus.

Prima Vista Eigenlob
mit Eichenlaub. Narziss
macht Party und auf dicke
Hose, aber, liebe Leute,
beim Genauerhinsehn ist's
vom Abdeckstift diktierter
Wortschorf, feist kredenzt mit
aufgesetzter, formbewußter
Happy-End-Reimkruste, drunter
dräuen Blut und Eiter, Wut,
Verzweiflung, Chaos.

■

sehr viel schönes segelt
unter meiner flagge
übers meer des todes.

geisterschiffe, die,
im sturm der zeit gebaut,
da draußen treiben, still,

von menschen und von göttern
unvergessen, dennoch
sinnlos, deshalb groß.

■

wie leicht das alles fiel.
ein rütteln hat genügt.
und jetzt – die faulen äpfel
wieder auf den baum
auf spitze äste werfen
zum gruppenbild mit
beute... für ein eitles
hinterher... wie proust.
nee.

die tiere der tiefsee verbluten im licht.
mehr existenz, als sie sicher zu wissen,
dort unten, im dunkel, bekommt ihnen nicht.

man kann sie erwähnen, als formlose brut.
ihr dasein ist vage, man darf sie vermissen.
sie allen zu zeigen wär weniger gut.

sie sterben auf bildern, egal wie präzise
ein dichter vorhandene skizzen verwendet,
denn unten ist alles geheimnis, was droben,

wenn ich es mir durch gestaltung erschließe,
wars in der tiefe auch noch so verschroben,
blass – und für immer entzaubert, dann endet.

■

die schönheit kommt aus übersee,
wie ein paket, mit dem man nicht
gerechnet hat, sie kommt als schnee
im frühling, als novemberlicht

auf rom, wenn über den ruinen
erste starenschwärme kreisen,
geht einher mit maskulinen
freudenschreien oder leisen

seufzern eines mädchens, das
sich vor dem spiegel mit der faust
befriedigt. schönheit ist verlangen

nach unendlichkeit von etwas,
schönheit wohnt nicht, schönheit haust,
und ist, erkannt, schon halb vergangen.

Mir ist schlecht im Kopf. Ach, könnten
meine Ohren Blut auskotzen –
einen halben Liter würd ich
gerne opfern, für fast jeden
Gedanken, der damit aus mir
herausgeschwemmt, verschüttet wäre.
Könnt ich nur mit meiner Nase
furzen – alle Gase, die mein
Schädeldach bald platzen lassen,
wär ich los. Da drinnen ist es
finster, schwarz, es stinkt nach dir.
Und hinter meinen Augen fault
dein Schatten, weißt du denn, woran
du in mir starbst, und wann genau?
Du lebst auf leichtem Fuß und fern
von hier, das geht mich nichts mehr an,
ich weiß es ja, und doch – es gibt
kein Wort für jene Qual, mir fehlt
die Kraft, noch eines zu erfinden.

neid

im frühstücksraum sitzt neben mir ein dichter,
wirft mir einen bösen blick zu – populistensau,
will er wohl flüstern, dann erklärt er seiner freundin
die verwickelten ästhetischen beziehungsgeflechte
in einem schlechten gedicht von thomas kling.
seine freundin ist häßlich, er trägt weiße
socken in birkenstocksandalen und seine welt ist
rundum in ordnung.

Mysterium amoris

Wenn die Sollbruchstelle hält
und hält
und hält
und hält.
Das ist's.

■

Heute, im Vollbesitz der Welt,
wäre zu wünschen, die Zeit stünde still
und es ginge um mich immer so weiter.
Ich schriebe allabendlich Großes,
ginge dann feiern und meine Liebsten
wären von bester Gesundheit.
So kann es nicht bleiben, ich weiß es,
doch darum gepriesen sei dieser Tag,
dessen Kaiser ich war.

BONUS-GEDICHTE

Aus:
Auf weißen Wüsten. Die besten Gedichte

■

zu spät, wenn du im herbst
das laub der bäume färbst.

deinen schneemann mußt
du bauen im august.

bade im kamin,
übe dich darin,

auf seen zu spazieren,
bevor sie zugefrieren,

verfaß dein epitaph,
nachdem der blitz dich traf.

sei immer schon der fürst,
zu dem du werden wirst,

noch während du verstaubst.
solang du daran glaubst,

bist du der zeit ein stück
voraus. von mir viel glück.

mühe (1953 – 2007)

als habe man ihn aus versehen bestellt,
agiert er vom rand her, vorsichtig, schüchtern.
einer, der sich der tänzchen enthält,
fürs erste zuseher bleibt. und nüchtern.

fremd im sonderbar möglichsten traum,
läßt er ihn langsam erwachen, geht hin,
erobert sein spielfeld, nimmt jeden raum
erst wahr, dann ein – und befiehlt darin.

prüft alle sätze, bevor er sie spricht.
getrocknet, entfettet, schickt er sie los,
sieht nie hinterher, verfällt ihnen nicht.

sein blick, oft sanft und grausam zugleich,
nach außen wie innen, legt wunden bloß,
oasen der sprache im grenzbereich.

■

während ich weiße wüsten in gärten verwandle
oder die weißen wüsten vielleicht nur verschandle,

nie zu entscheidende frage, oft ist mir, als wär
viel noch zu machen gewesen, unendlich viel mehr.

– aber es sind ja noch wüsten vorhanden, ich meine,
niemand kann ernsthaft behaupten, ich raubte ihm seine –

tröstende einsicht, daß alles, schönheit wie arbeit,
immer noch wächst, das erreichte vergißt und verzeiht.

■

fertig bin ich, endlich schwebt
über mir kein engel mehr,
der gnädig seine flügel hebt
und sagt, was noch zu machen wär.

fertig bin ich, geh zur ruh
sehe andern dabei zu,
beim entscheiden, was zu machen,
was zu lassen, welche sachen

zukunft haben oder keine.
vergangenheit, zumindest eine,
haben alle, ich hab viele
vergangenheiten wie auch ziele

gehabt, verfolgt, erjagt, ich bin
zufrieden, meistens, manchmal, doch.
manches hatte einen sinn,
manches hat ihn heute noch.

und nichts von allem war so groß,
so leicht vergänglich und famos
wie jene nacht am baggersee.
ich schrieb mit pisse in den schnee

einen satz, der kurz und bös
die wahrheit war, für eine frau,
ich weiß nicht mehr, für wen genau,
sie fand ihn blöd und skandalös

und ging um mitternacht, wir blieben,
wir freunde hatten bier und schrieben,
es wurde viel und laut gelacht.
den satz vergaß ich in der nacht.

als ich morgens nach ihm sah,
war der satz schon zugeschneit,
doch sicher bin ich, er war da,
kurz und gelb und sehr gescheit.

damit du nichts zu rosa siehst,
mein freund, der krieg, in den du ziehst,
wird weder fair noch heilig sein,
vor allem grausam und gemein.

ich muß den spielverderber spielen,
um deine euphorie zu dämpfen.
es ist kein spiel, dem wir verfielen,
und siegen kannst du nicht, nur kämpfen.

verzweifeln, scheitern wirst du oft
und viel zu selten triumphieren.
du hast massiv auf dich gehofft,
gewöhn dich lieber ans verlieren.

dummheit wird dich überleben,
welt hat alle zeit, du nicht.
sie wird dir ein begräbnis geben,
kaum der rede wert, so schlicht.

im tod beginnt das insistieren,
du hast nichts mehr davon, wirst blind
und taub so quasi existieren,
wie du nicht warst, doch menschen sind.

und was du gabst, das wird gewogen,
immer neu, auf schwarzen märkten,
den schlußstrich sehen wir gezogen,
wenn alle quellen, die dich stärkten,

vergessen, ausgetrocknet, enden.
rinnsal, das einst strom gewesen.
einer wird die seite wenden,
die nächste aber nicht mehr lesen.

■

Ein Lied schläft nicht in allen Dingen
dieser sonderbaren Welt.
Manche lernen nie zu singen,
müssen erst gesungen sein,

nachdem sie waren und vergingen.
Der Mond, der übers Meer hinzieht,
die graue Wolke, die ihn hält –
bisweilen summt sogar ein Stein.

Was lebt, wird ohne Unterschied
verrotten und verschwinden bald.
Was bleibt? Vielleicht ein kleines Lied,

sofern es nicht nur dir gefällt.
Es ist noch jung und doch so alt
wie diese sonderbare Welt.

Recherche 7

Wir müssen die Toten erreichen
und unseren Anspruch erklären,
ansonsten wir lebende Leichen,
nicht weiter erwähnenswert wären.

So können wir unsre Recherchen
erweitern, um etwas zu finden,
mit dem wir die Erde beherrschen,
bevor wir gesättigt verschwinden.

Die glühende Asche der Sterne
in ihre verlorne Gestalt
zurückzuverwandeln, ist leicht.

Die Zeit, die brutale Gewalt
all jener unendlichen Ferne,
hat Ähnliches niemals erreicht.

■

hoffnung zu haben ist eine zu heilende
krankheit, als solche zu selten empfunden.

der ohnmacht gefrorener eidechsen gleich,
die leben, mit seltenem herzschlag, im eis –

so wäre mein dasein im wesen beschrieben.
zu schweigen genügte, um alles zu sagen.

■

eben erschreckte mich ein schattenspiel.
windgeschüttelte äste tanzten es
auf den straßenteer. und ich blieb stehn.
jenes wirkgeflecht von mond und ästen,
wind und teer und schließlich mir – der letzten
komponente im theatralen system –
ich weiß kein besseres gleichnis für magie
und lüge, dynamik, glanz und angst des lebens.
denkbar – als surplus – ein regenschauer.
greller, gefälliger zucken würde das mondlicht,
befeuchtet. und wär, vielleicht, ein tick zuviel.

ein schwer übernächtigter morgen stolperte
heute nach hause, schlappes gespenst jenes
gestern, in dem er als hoffnung regierte,
entthronter könig. ich wollte noch wach sein,
denn schlaf schien ein probewohnen im tod –

als wärs ein kostüm, trägt der morgen sein licht
vorm fenster spazieren, die dinge werden ja
nur noch beleuchtet, leuchten nicht mehr.
viel häßliches rückt in den blick, viel schönes
verblasst, wie soll ich den mittag nur schultern?

er rammt meinen kopf in den brustkorb, als wär
der zu neugierig, vorwitzig noch, dann seh ich
auf augenhöhe mein herz, es schlägt um sich,
hat doch von alldem genug, nur nichts anderes
jemals gelernt. ein so grausamer anblick.

■

du seist gestorben, sagen manche, andre
hätten dich gefickt, behaupten sie,
vor gar nicht allzulanger zeit. ich wandre
durch das schneebedeckte land und zieh

den schluß, der dringend nötig wäre, nicht.
ich steh so rum im eis und rufe deine
kosenamen laut und dein gesicht
ist überall und nirgends wirklich, keine

ahnung, wo du bist, ich weiß ja weder,
was da war, noch was nun wird. ich friere.
fühlt sich an, als ob ich dich in jeder

sekunde meines lebens neu verliere.
greifbar scheint dein schatten und gewinnt
kontur, bis er, begriffen, mir zerrinnt.

■

es werden noch schlechtere nächte
kommen als diese, und schlechte
tage dazwischen, wird krank,
das alles, zu selten beleuchtet

ein lichtblick den keller der zeit.
dann schwebt jener duft im gestank,
der trockene blüten befeuchtet,
ihnen ein schimmern verleiht,

das letzte, bevor sie zerfallen.
ich taumle an düften entlang,
phiolen sakraler momente,

jeder war prachtvoll und allen
gemeinsam der übergang
ins dolce sentire niente.

U-12-ABTEILUNG

Zwei Gedichte für Junioren

■

es war einmal und ist nicht mehr
ein kleiner grüner stachelbär.
der hing so rum, mit fruchtsaft schwer
befüllt an einer gartenhecke.
flog ein rabe um die ecke,
fraß die halbe hecke leer.
im rabenschnabel fortgetragen,
halb verdaut von dessen magen,
platzte jenem stachelbär
der kragen. quasi. sozusagen.

Beschloß einmal ein Pinguin,
von Ant- zur Arktis umzuziehn.
Sieht alles doch genauso aus,
fand er, wie bei mir zuhaus.

Nur, daß der tollste Pinguin
ringsumher ja ich nun bin.

Kam ein Eisbär, glotzte lang,
bevor er dazu durch sich rang,
vom neuen Tier, wie unter Tieren
durchweg üblich, zu probieren.

Immerhin, so dachte sich
der Pinguin: Hier mag man mich.

Ü-18-ABTEILUNG

Warnung:
Die folgenden Gedichte können Gefühle
nicht nur verletzen, sondern auch verursachen.

Die Schnalle, die ich liebe, ist verrückt.
Kapriziös und ungerecht ist sie.
Auch treulos und verlogen. Doch entzückt
sie mich, ich weiß oft kaum, womit und wie.

Grade geht sie fremd, egal, ich warte.
Rettungslos verfallen bin ich ihr.
Sie kommt bestimmt alsbald, die rosenzarte
Muschi wundgefickt, zurück zu mir.

Ich werde sie in meine Arme nehmen,
schmunzeln bei der Beichte, ihr vergeben,
gibt sie glaubhaft vor, sich mal zu schämen.

Bizarres Spiel. Wie wir zusammenkleben,
uns Details erzählen, wie wirs trieben.
Wie wir zwei uns quälen – dabei lieben.

■

ich möchte bitte ums verrecken
gerne deine muschi lecken,
würde mir dazu verstohlen
einen ri-ra-runterholen.

was hättest du denn zu verlieren?
warum sich mädchen derart zieren,
von nutz zu sein, kapiere ich
selbst im hohen alter nicht.

■

ich möchte gerne deinen schädel
spalten mit nem spaten, mädel,
so angepisst bin ich, du biest,
bist untreu, fies und siehst
es nichtmal ein, lügst mich gar an.
betrügst mich, wies ein mann nur kann.
kaum trau ich einmal einer frau –
mir ist so elend, schal und mau,
und hab dich doch noch immer lieb.
den seitensprung, den seitenhieb
und alles würd ich dir vergeben,
falls du wieder mit mir leben –
ach? – du hast mich satt? du – mich?
wie kann ein mensch so widerlich –

■

ich liebte dich mal sehr, mal mehr.
so wie ein blinder blöder liebt,
der viel erduldet, viel vergibt,
ich liebte dich zu lang und wär

an dir beinah zu grund gegangen.
biest, du zwingst mich, dich zu hassen.
zuviel lust, zuviel verlangen
hat mich blöd und blind sein lassen.

noch nie warst du so nackt wie jetzt.
und wenn mein schwanz von zeit zu zeit
tief in der nacht noch nach dir schreit,

so würg ich ihn, bis er zuletzt
sich auskotzt, zittert, ruhe gibt.
ich habe dich zu lang geliebt.

■

Käm ein Mägdelein in mein
Hotel, errötend, böte ihre
sechzehn Jahr mir dankbar dar:

»für all die tiefe Poesie«,
gäbe sich – und gnädig nähm ich –
hin das dünne junge Ding,

küßte ihre Brüste, müßte
lüstern tun – ach, wüßte sie,
wie schwer mein Herz mir wär?

Wieder stiegen Bilder nieder –
geliebter Weiber, deren Leiber
leider mir verweigert blieben.

Klaffend offen, boshaft gaffend
stünden nie verbundne Wunden
an den Fenstern gleich Gespenstern.

Kleine, nett Gemeinte – Nein.
Zieh dich bitte – sieh mich nicht
so an. Hätts gern getan. Und dann?

Auf Flügeln trüge mich die Lüge
von hier nach hier – spendierte mir
einen Sieg, der wenig wiegt.

Schade.
Warte.
Andrerseits –

Das Gift, das mir das Hirn zerfrißt –
Saug es aus mir raus und sauf es!
Wie gut das, wie genug es tut!!

P.S.
Kann ruhig älter sein, die Magd.
Solang sie ehrerbietig fragt.

Glanz und Elend der Kudammkurtisanen

I *straßenstrich*

kommse näher! weil was flüstern
möcht ick ihnen. sindse lüstern,
n klein bischn geil vielleicht?
keene angst, n fuffi reicht

fürs paradies auf erden aus,
seinse mann ma mehr als maus!
gebense vor freunden an!
mich genossen haben kann

banalste existenzen retten,
abgrundtiefe lücken glätten,
zwischen meene lange beinchen

jibt et, wasse immer hätten
haben wollen, wollnwa wetten?
zeigense mal mut und scheinchen.

II *auf zimmer*

klar, fürs paradies, hab ick
jesacht, da reichtn fuffi hin –
fürn eintritt, ja. nich fürn fick,
da könnse ruhig ma'n blick

drauf werfen, aber ihre soße
nich, wat glaumse, wer ick bin?

die heilsarmee, die kosmisch große
selbstlos-all-ernährerin?

ick mach et ihnen mit der hand,
det kostet sien schlappen zehner.
haste nich? du bürschlein bist

ja unverfroren ungalant.
laß stecken und verpiss dich, kleener!
lernste ma, was sache ist.

III *post mortem*

»jutta ha' ick stets bewundert,
fotzenwundheit kannte die
ja kaum als scrabble-wort. ne hundert-
kunden-woche – drunter nie.«

»dacht mir, dasse mit der masche
wann an' falschen mann gerät.
in' paar tagen isse asche.
fahn wa arbeit – wird sonst spät.«

»ob se lang hat leiden müssen?«
»wat is lang? und wer wills wissen?
eher intressiert mich jetze –

jibt et bei beate uhse
noch die krankenschwesterbluse?«
»die auf hälfte rabjesetzte?«

sie umarmen und umbeinen
wollte ich in jener nacht.
ohr an ohr mit jener einen,
hätt ich stunden stumm verbracht.

doch dann spreizte jene eine
ihre schlanken langen beine,
drängte mich, doch einzudringen –
und das epos, das ich singen

wollte, wurde ein gedicht.
ein allzu kurzes nur, dem schlicht
der saft ausgi

■

in einem unbeobachteten moment nahm der mann
– aus naheliegenden gründen möchte er namenlos bleiben –
sich den sohn seiner geliebten vor. fünf jahre
alt war dieser nun und alt genug, die wahrheit,
die ganze,über seine entscheidende rolle in jener
beziehung zu erfahren. mit folgenden worten
also nahm ihn der mann auf seinen schoß und sprach:

was du getan hast, blöder bengel, wisse nun:
du hast die brüste deiner mutter schwer zerstört
und ihre fotze schier zerrissen, kind.
aus blindem egoismus zernagt mit deinem
giergen milchgebiß hast du das schönste weib
das je mir beischlief. auch kam es mir ja nie,
beim mutti-penetrieren, denn dein sturer,
übrigens auch hohler schädel hat die edle
höhle meiner löwin gradhinaus in eine halle
verwandelt, drecksbalg, drum verlass ich euch
von stund an. ja – und du allein trägst dran schuld!

da weinte das kind, nicht wissend, was passend
zu antworten wäre, der mann aber kümmerte
sich um dessen greinen nicht weiter und sprang
mit gefühlen einer befreiung, die die deutschen
am 8. mai 1945 hätten empfinden müssen, froh
ins frisch renovierte treppenhaus hinaus.

■

»du treibst dich mit jungem gemüse herum?
nimm mir die frage bitte nicht krumm:

du weltmensch bebaggerst gackernde zicken?«
»*innere werte kann man nicht ficken.*«

so hat er es locker dahingesagt,
drum habe ich weiter nicht nachgefragt,

er schien mir noch herr der lage zu sein.
man mischt sich bei sowas ungerne ein.

dem strebsamsten jener natreensüßen mädels
verfiel er. das interieur seines schädels

wurde, in sperma verwandelt, vergossen.
er hat sich am ende dann doch nicht erschossen,

zu wenig blieb übrig, ums zu erschießen.
als kleiner erkenntnisgewinn zu genießen

bleibt, was das mädel mir eben erklärte:
»*ficken kann man auch innere werte.*«

bin selten so gut gefickt, so geil
geblasen worden wie von jener
frau, die sagt, sie habe, daß
sie lebt, nur meinen büchern zu
verdanken. wow! dann hatte alles
sinn. und bringt sogar profit.

viele schreiben doch jahrzehnte
lang, in dumpfer hoffnung, solchen
dank einst zu empfangen, halten
ihren schwanz hinaus bei nacht
und sturm – und niemand kommt,
am ende nicht mal mehr sie selbst.

COVERVERSIONEN

bekannter Gedichte

Algernon Charles Swinburne –
aus: *Atalanta in Calydon*

Pray thou thy days be long before thy death,
And full of ease and kingdom; seeing in death
There is no comfort and none aftergrowth,
Nor shall one thence look up and see day's dawn
Nor light upon the land whither I go.
Live thou and take thy fill of days and die
When thy day comes; and make not much of death
Lest ere thy day thou reap an evil thing.

■

um viele jahre bitte vor dem tod,
die sorglos sind und königlich. im tod
ist weder trost noch nachhinein. du wirst
den tag nicht dämmern sehn, noch gibt es licht,
wohin du gehst. leb aus der fülle deiner
zeit, und wenn dein tag gekommen ist,
dann stirb. mach aus dem tod kein großes ding,
das boshaft schatten wirft, wo du noch lebst.

William Blake –
The Garden of Love

I went to the Garden of Love,
And saw what I never had seen;
A Chapel was built in the midst,
Where I used to play on the green.

And the gates of this Chapel were shut
And »Thou shalt not« writ over the door;
So I turned to the Garden of Love
That so many sweet flowers bore.

And I saw it was filled with graves,
And tombstones where flowers should be;
And priests in black gowns were walking their rounds,
And binding with briars my joys and desires.

ich ging zum garten der liebe und sah,
mitten im grün, das mir spielfeld oft war,
eine kirche. sonderbar. die stand nie da.

über ihrer verschlossenen pforte
prangten mit fetten lettern die worte:
DU SOLLST NICHT!

wo einstmals duftende blumen und licht
einander, im garten der liebe, fanden,
fand ich nun gräber. schwarzpfaffen hieben

mit dornenkränzen nach jungen trieben,
bis lust und verlangen für immer verschwanden,
aus dem garten der liebe.

Georg Trakl –
Verfall

Am Abend, wenn die Glocken Frieden läuten,
Folg ich der Vögel wundervollen Flügen,
Die lang geschart, gleich frommen Pilgerzügen,
Entschwinden in den herbstlich klaren Weiten.

Hinwandelnd durch den dämmervollen Garten
Träum ich nach ihren helleren Geschicken
Und fühl der Stunden Weiser kaum mehr rücken.
So folg ich über Wolken ihren Fahrten.

Da macht ein Hauch mich von Verfall erzittern.
Die Amsel klagt in den entlaubten Zweigen.
Es schwankt der rote Wein an rostigen Gittern,

Indes wie blasser Kinder Todesreigen
Um dunkle Brunnenränder, die verwittern,
Im Wind sich fröstelnd blaue Astern neigen.

■

Wenn im Herbst die Glocken läuten,
abends, sehe ich den Vogelflügen
zu, die wunderfromm und Pilgerzügen
gleich, verschwinden, nichts bedeuten.

Ich gehe durch die dunklen Gärten,
Zeit hat weder Macht noch Folgen.
Uhren drohen nicht, Gefährten
meiner Sehnsucht sind die Wolken.

Manches läßt mich doch erzittern.
Ein Amseljunges in den Zweigen,
roter Wein an alten Gittern.

Kranker Kinder Todesreigen,
Brunnenränder, die verwittern,
asternblaues Winterschweigen.

Rainer Maria Rilke –
Der Panther

Sein Blick ist vom Vorübergehn der Stäbe
so müd geworden, daß er nichts mehr hält.
Ihm ist, als ob es tausend Stäbe gäbe
und hinter tausend Stäben keine Welt.

Der weiche Gang geschmeidig starker Schritte,
der sich im allerkleinsten Kreise dreht,
ist wie ein Tanz von Kraft um eine Mitte,
in der betäubt ein großer Wille steht.

Nur manchmal schiebt der Vorhang der Pupille
sich lautlos auf –. Dann geht ein Bild hinein,
geht durch der Glieder angespannte Stille –
und hört im Herzen auf zu sein.

■

Sein Blick, von vierzig Gitterstäben
müde, trägt kein Bild, zerfällt.
Als würde es nur Stäbe geben,
dahinter aber keine Welt.

Parcours dämonisch starker Schritte,
der sich im kleinsten Kreise dreht,
die Kraft als Tanz um eine Mitte,
in der, betäubt, sein Wille steht.

Manchmal schiebt sich die Pupille
lautlos auf – ein Bild dringt ein
ins Herz, durch angespannte Stille –
und hört für immer auf zu sein.

Bertolt Brecht –
Erinnerung an die Marie A.

1

An jenem Tag im blauen Mond September
Still unter einem jungen Pflaumenbaum
Da hielt ich sie, die stille bleiche Liebe
In meinem Arm wie einen holden Traum.
Und über uns im schönen Sommerhimmel
War eine Wolke, die ich lange sah
Sie war sehr weiß und ungeheuer oben
Und als ich aufsah, war sie nimmer da.

2

Seit jenem Tag sind viele, viele Monde
Geschwommen still hinunter und vorbei
Die Pflaumenbäume sind wohl abgehauen
Und fragst du mich, was mit der Liebe sei?
So sag ich dir: Ich kann mich nicht erinnern.
Und doch, gewiß, ich weiß schon, was du meinst
Doch ihr Gesicht, das weiß ich wirklich nimmer
Ich weiß nur mehr: Ich küßte es dereinst.

3

Und auch den Kuß, ich hätt' ihn längst vergessen
Wenn nicht die Wolke dagewesen wär
Die weiß ich noch und werd ich immer wissen
Sie war sehr weiß und kam von oben her.
Die Pflaumenbäume blühn vielleicht noch immer
Und jene Frau hat jetzt vielleicht das siebte Kind
Doch jene Wolke blühte nur Minuten
Und als ich aufsah, schwand sie schon im Wind.

■

1
Als die Geliebte bei mir lag,
wie zuvor nur in den Träumen,
an jenem Frühseptembertag
sah ich, unter Pflaumenbäumen,

eine Wolke, sehr weit droben,
durch den Himmel ziehn, sie war
so weiß und ungeheuer: oben.
Und nach dem Kuß schon nicht mehr da.

2
Seit jenem Tag ist sehr viel Leben
hinabgeschwommen und vorbei.
Die Bäume wird es nicht mehr geben.
Obs Liebe denn gewesen sei?

Du fragst, was sie mir damals galt?
Wir wissen beide, was du meinst.
Nun, ihr Gesicht vergaß ich bald.
Weiß nur: Ich küßte es dereinst.

3
Ein Kuß, der auch vergessen wär.
Doch jene eine Wolke, die
über mir so weiß, so sehr
weit oben war, vergess ich nie.

Neue Bäume blühn, kann sein,
die Frau gebärt ihr siebtes Kind.
Die Wolke blühte ungemein,
minutenlang, bei leichtem Wind.

C. F. Meyer –
Der römische Brunnen

Aufsteigt der Strahl und fallend gießt
Er voll der Marmorschale Rund,
Die, sich verschleiernd, überfließt
In einer zweiten Schale Grund;
Die zweite gibt, sie wird zu reich,
Der dritten wallend ihre Flut,
Und jede nimmt und gibt zugleich
Und strömt und ruht.

Der Wasserstrahl steigt auf, ergießt
sich fallend in die Marmorschale,
die sich füllt und überfließt
in eine zweite – Halbfinale –

denn die Schale in der Mitte
jener Schalenleiter reicht
den Überfluß an eine Dritte
weiter, nimmt und gibt zugleich.

trinkt und tränkt, empfängt und lenkt
die schwappende Flut
und jcdc strömt und ruht.

Joseph von Eichendorff – Mondnacht

Es war, als hätt' der Himmel
Die Erde still geküßt,
Daß sie im Blütenschimmer
Von ihm nun träumen müßt'.

Die Luft ging durch die Felder,
Die Ähren wogten sacht,
Es rauschten leis die Wälder,
So sternklar war die Nacht.

Und meine Seele spannte
Weit ihre Flügel aus,
Flog durch die stillen Lande,
Als flöge sie nach Haus.

Als hätt der Himmel wieder
die Erde sanft geküßt,
daß jedes ihrer Lieder
von ihm nun singen müßt.

Musik ging durch die Felder,
die Ähren wogten sacht,
es wippten selbst die Wälder,
so glücklich war die Nacht.

Und meine Seele spannte
ihre vielen Flügel aus,
durchflog so hoch die Lande,
als flöge sie nach Haus.

Eduard Mörike –
Um Mitternacht

Gelassen stieg die Nacht ans Land,
Lehnt träumend an der Berge Wand,
Ihr Auge sieht die goldne Waage nun
Der Zeit in gleichen Schalen stille ruhn;
Und kecker rauschen die Quellen hervor,
Sie singen der Mutter, der Nacht, ins Ohr
Vom Tage,
Vom heute gewesenen Tage.

Das uralt alte Schlummerlied,
Sie achtet's nicht, sie ist es müd;
Ihr klingt des Himmels Bläue süßer noch,
Der flüchtgen Stunden gleichgeschwungnes Joch.
Doch immer behalten die Quellen das Wort,
Es singen die Wasser im Schlafe noch fort
Vom Tage,
Vom heute gewesenen Tage.

Die Nacht, sie kommt vom Meer, von sehr
weit her, sie nimmt das feste Land
und klammert an am Erdenrand,
ihr Auge sieht die Waage nun
der Zeit bei vollen Schalen ruhn.
Und lauter rauscht der Quell hervor,
er singt der Mutter Nacht ins Ohr
vom Tag, vom heut verlebten Tag.

Die Nacht, sie kommt vom Meer, von sehr
weit her, dem dunkelblauen Lied
hört sie nicht zu, sie ist es müd;
in ihr klingt Himmelsbläue nach,
der hellen Stunden Traumgemach,
doch stets behält der Quell das Wort,
erzählt im Halbschlaf immerfort
vom Tag, vom heut verlebten Tag.

Wilhelm Busch – Die Selbstkritik

Die Selbstkritik hat viel für sich.
Gesetzt den Fall, ich tadle mich:
So hab' ich erstens den Gewinn,
Daß ich so hübsch bescheiden bin;
Zum zweiten denken sich die Leut,
Der Mann ist lauter Redlichkeit;
Auch schnapp' ich drittens diesen Bissen
Vorweg den andern Kritiküssen;
Und viertens hoff' ich außerdem
Auf Widerspruch, der mir genehm.
So kommt es denn zuletzt heraus,
Daß ich ein ganz famoses Haus.

■

Selbstkritik ist großartig.
Man tadelt sich und adelt sich,
schmückt sich mit Bescheidenheiten,
gilt als redlich, raubt beizeiten
Kritikern die Munition.

Widerspruch empfängt man schon,
weil Menschen gerne widersprechen.
Im Bekennen meiner Schwächen
weise ich diskret drauf hin,
welch ein toller Typ ich bin.

Paul Celan – Todesfuge

Schwarze Milch der Frühe wir trinken sie abends
wir trinken sie mittags und morgens wir trinken sie nachts
wir trinken und trinken
wir schaufeln ein Grab in den Lüften da liegt man nicht eng
Ein Mann wohnt im Haus der spielt mit den Schlangen der
schreibt
der schreibt wenn es dunkelt nach Deutschland dein goldenes
Haar Margarete
er schreibt es und tritt vor das Haus und es blitzen die Sterne
er pfeift seine Rüden herbei
er pfeift seine Juden hervor läßt schaufeln ein Grab in der
Erde
er befiehlt uns spielt auf nun zum Tanz
Schwarze Milch der Frühe wir trinken dich nachts
wir trinken dich morgens und mittags wir trinken dich abends
wir trinken und trinken
Ein Mann wohnt im Haus der spielt mit den Schlangen der
schreibt
der schreibt wenn es dunkelt nach Deutschland dein goldenes
Haar Margarete
Dein aschenes Haar Sulamith wir schaufeln ein Grab in den
Lüften da liegt man nicht eng
Er ruft stecht tiefer ins Erdreich ihr einen ihr andern singet
und spielt
er greift nach dem Eisen im Gurt er schwingts seine Augen
sind blau
stecht tiefer die Spaten ihr einen ihr andern spielt weiter zum
Tanz auf
Schwarze Milch der Frühe wir trinken dich nachts
wir trinken dich mittags und morgens wir trinken dich abends

wir trinken und trinken
ein Mann wohnt im Haus dein goldenes Haar Margarete
dein aschenes Haar Sulamith er spielt mit den Schlangen
Er ruft spielt süßer den Tod der Tod ist ein Meister aus
Deutschland
er ruft streicht dunkler die Geigen dann steigt ihr als Rauch in
die Luft
dann habt ihr ein Grab in den Wolken da liegt man nicht eng
Schwarze Milch der Frühe wir trinken dich nachts
wir trinken dich mittags der Tod ist ein Meister aus
Deutschland
wir trinken dich abends und morgens wir trinken und trinken
der Tod ist ein Meister aus Deutschland sein Auge ist blau
er trifft dich mit bleierner Kugel er trifft dich genau
ein Mann wohnt im Haus dein goldenes Haar Margarete
er hetzt seine Rüden auf uns er schenkt uns ein Grab
in der Luft
er spielt mit den Schlangen und träumet der Tod
ist ein Meister aus Deutschland
dein goldenes Haar Margarete
dein aschenes Haar Sulamith

Schwarze Milch der Frühe, wir trinken sie abends,
mittags und morgens, wir trinken sie nachts,
wir trinken und trinken und schaufeln ein Grab in den Lüften.
Ein Mann wohnt im Haus, der spielt mit den Schlangen,
der schreibt, wenn es dunkelt, nach Deutschland,
er schreibt es und tritt vor das Haus, und es blitzen die Sterne,
er pfeift
seine Rüden herbei, er pfeift seine Juden hervor,
läßt schaufeln ein Grab
in der Erde, befiehlt uns: Spielt auf nun zum Tanz!
Er ruft: Stecht tiefer ins Erdreich, ihr einen, ihr andern,
singet und spielt,
stecht tiefer die Spaten, ihr einen, ihr andern, spielt weiter
zum Tanz auf!
Schwarze Milch der Frühe, wir trinken dich nachts,
wir trinken dich mittags und morgens, wir trinken dich
abends,
wir trinken und trinken uns durstig. Spielt süßer den Tod,
denn der Tod ist ein Meister aus Deutschland,
streicht dunkler die Geigen, dann steigt ihr als Rauch
in die Luft,
dann habt ihr ein Grab in den Wolken.

Heinrich Heine –
Ein Jüngling liebt ein Mädchen

Ein Jüngling liebt ein Mädchen,
Die hat einen andern erwählt;
Der andre liebt eine andre,
Und hat sich mit dieser vermählt.

Das Mädchen heiratet aus Ärger
Den ersten besten Mann,
Der ihr in den Weg gelaufen;
Der Jüngling ist übel dran.

Es ist eine alte Geschichte,
Doch bleibt sie immer neu;
Und wem sie just passieret,
Dem bricht das Herz entzwei.

Ein Junge liebt ein Mädchen sehr,
die läuft nem andren hinterher.
Der andre liebt ne andre mehr
und pflanzt sich fort fortan mit der.

Das Mädchen, außer sich vor Zorn,
schnappt sich einen Gleichgesinnten.
Das Liebesspiel beginnt von vorn –
er liebt sie aber nur von hinten.

Ein Plot, so alt wie aktuell.
Menschen sitzen fest
im Liebeskarussell,
sehn vor sich wen, ersehnen den,

um rücksichtslos den Rest
des Festes zu verschmähn.
Manchen bricht das Herz entzwei.
Den andren ist das einerlei.

Friedrich Hölderlin – Hyperions Schicksalslied

Ihr wandelt droben im Licht
Auf weichem Boden, selige Genien!
Glänzende Götterlüfte
Rühren euch leicht,
Wie die Finger der Künstlerin
Heilige Saiten.

Schicksallos, wie der schlafende
Säugling, atmen die Himmlischen;
Keusch bewahrt
In bescheidener Knospe,
Blühet ewig
Ihnen der Geist,
Und die seligen Augen
Blicken in stiller
Ewiger Klarheit.

Doch uns ist gegeben,
Auf keiner Stätte zu ruhn,
Es schwinden, es fallen
Die leidenden Menschen
Blindlings von einer
Stunde zur andern,
Wie Wasser von Klippe
Zu Klippe geworfen,
Jahr lang ins Ungewisse hinab.

■

Ihr Lichtgestalten, Genien,
auf erdfernen Wolken,
der Glanzwind oben spielt,
wie Mädchenfinger Saiten
auf Harfen zupfen,
in eurem Empfinden.

Befreit noch von jeglicher
Spielart des Schicksals, wie
Säuglinge schlafen, so atmen jene
Himmelsgäste, in sich ruhend,
wie die geschlossene Knospe
zur Nacht alle Möglichkeiten
offenläßt. Das Blühen des Geistes
erwartet sie still, in ewiger Klarheit.

Uns anderen aber
ist es gegeben, ziellos zu
schwinden, zu fallen.
Wir leidenden Menschen, wie Wasser,
von einer zur anderen Klippe
geworfen, tauchen nach Liebe
im Ungewissen für immer.

Johann Wolfgang von Goethe – Ein Gleiches

Über allen Gipfeln
Ist Ruh,
In allen Wipfeln
Spürest du
Kaum einen Hauch;
Die Vögelein schweigen im Walde.
Warte nur, balde
Ruhest du auch.

alles oben schweigt,
von unten steigt
kein hauch, der wärmt,
hinauf, in jene ruh.
kein käuzchen lärmt.
bald ruhst auch du.

Hugo von Hofmannsthal – Reiselied

Wasser stürzt, uns zu verschlingen,
Rollt der Fels, uns zu erschlagen,
Kommen schon auf starken Schwingen
Vögel her, uns fortzutragen.

Aber unten liegt ein Land,
Früchte spiegelnd ohne Ende
In den alterslosen Seen.

Marmorstirn und Brunnenrand
Steigt aus blumigem Gelände,
Und die leichten Winde wehn.

■

fluten, die sich um dich reißen,
felsgeschmeiß, das auf dich zielt,
viel aasgeflügel, das, kalt-heißen
braten riechend, nach dir schielt.

tief unten aber liegt ein land,
in dessen alterslosen seen
sich immerreife früchte spiegeln.

schöpf aus brunnen, spür die hand
der sanften winde, die dort wehen.
im schatten von uralten ziegeln.

Gaius Valerius Catullus –
Odi et amo

Odi et amo. Quare id faciam, fortasse requiris.
Nescio, sed fieri sentio et excrucior.

■

ich hasse nicht, noch liebe ich. warum ichs nicht tue,
fragst du mich nicht. tätest dus, würde ich sagen: egal.

Gaius Valerius Catullus – Ille mi par esse deo

Ille mi par esse deo videtur,
ille, si fas est, superare divos,
qui sedens adversus identidem te
spectat et audit

dulce ridentem, misero quod omnis
eripit sensus mihi: nam simul te,
Lesbia, aspexi, nihil est super mi
[vocis in ore].

lingua sed torpet, tenuis sub artus
flamma demanat, sonitu suopte
tintinant aures, gemina et teguntur
lumina nocte.

otium, Catulle, tibi molestum est:
otio exsultas nimiumque gestis:
otium et reges prius et beatas
perdidit urbes.

seis blasphemie, doch scheint mir göttlich, ja
göttlicher gar als götter, der mensch,
der, dir gegenüber, dein antlitz betrachten,
dir zuhören darf,

wie süß du lachst, mir armem entschwinden
die sinne; sobald ich dich, lesbia, anseh,
stockt mir der atem, meine kehle wird trocken,
die zunge verdorrt.

flammen rieseln durch all meine glieder,
überwältigt vom klang deiner stimme
klingeln die ohren, mir wird schwarz
vor den augen.

und über mir ist nichts.

muße, catull, hat uns beide getötet.
sie trieb uns zu maßloser leidenschaft.
muße hat blühende städte, könige samt
ihrer reiche zerstört.

doch muß man gerecht sein, vor jedem
fall in die tiefe gab es den einen
moment des genusses, reiner ekstase.
der war es wert.

Friedrich Hölderlin – An die Parzen

Nur Einen Sommer gönnt, ihr Gewaltigen!
Und einen Herbst zu reifem Gesange mir,
Daß williger mein Herz, vom süßen
Spiele gesättiget, dann mir sterbe.

Die Seele, der im Leben ihr göttlich Recht
Nicht ward, sie ruht auch drunten im Orkus nicht;
Doch ist mir einst das Heil'ge, das am
Herzen mir liegt, das Gedicht, gelungen,

Willkommen dann, o Stille der Schattenwelt!
Zufrieden bin ich, wenn auch mein Saitenspiel
Mich nicht hinab geleitet; Einmal
Lebt ich, wie Götter, und mehr bedarfs nicht.

einen sommer gönnt, ihr gewaltigen, mir –
noch besser wären zwei, drei, vier,
damit ich stoffe finde, die ich dann
in ruhe ausarbeiten kann.

zuvor übersehene dinge bleiben
immer übrig, zu beschreiben.
zum beispiel dieses weiße blatt –
das so viel zu vertuschen hat.

einmal wie götter gelebt zu haben genügt
nicht mehr, oft, zu oft, bescheidenheit lügt,
gelang mir das heilige ja, das gedicht.

aber es wurde mein herz drum williger nicht.
und meine geschändete seele drunten im orkus,
wird schweigen; einfach nur, weil sie es muß.

Hugo von Hofmannsthal – Manche freilich

Manche freilich müssen drunten sterben,
Wo die schweren Ruder der Schiffe streifen,
Andre wohnen bei dem Steuer droben,
Kennen Vogelflug und die Länder der Sterne.

Manche liegen immer mit schweren Gliedern
Bei den Wurzeln des verworrenen Lebens,
Andern sind die Stühle gerichtet
Bei den Sibyllen, den Königinnen,
Und da sitzen sie wie zu Hause,
Leichten Hauptes und leichter Hände.

Doch ein Schatten fällt von jenen Leben
In die anderen Leben hinüber,
Und die leichten sind an die schweren
Wie an Luft und Erde gebunden:

Ganz vergessener Völker Müdigkeiten
Kann ich nicht abtun von meinen Lidern,
Noch weghalten von der erschrockenen Seele
Stummes Niederfallen ferner Sterne.

Viele Geschicke weben neben dem meinen,
Durcheinander spielt sie alle das Dasein,
Und mein Teil ist mehr als dieses Lebens
Schlanke Flamme oder schmale Leier.

■

Mancher muß ja unten sterben
und war nach oben doch nicht blind,
war stets bemüht, vielleicht beerben
ihn andre dann, die glücklicher sind.

Viele liegen mit gelähmten Gliedern
nahe den Wurzeln, still am Ofen,
andre bezirzen die Lüfte mit Liedern,
ersinnen bestürzend neue Strophen,

finden sich oben, im neuen Zuhause,
gut aufgehoben, halb schon am Ziel.
Manch anderer lebt, wie jene Pause
machen. Den meisten ist alles zuviel.

Schatten fallen von meinem Leben,
vermischen sich mit leichteren Schatten,
Leichtem ist Schweres beigegeben,
dem andere Leichtes verliehen hatten.

Längst vergangener Völker Müdigkeit
lastet bleiern auf meiner Seele,
die immer erschrickt, wenn in der Zeit
Gestirne krepieren. Die vielen Kanäle

des Schicksals, die Willkür des Strebens
weg vom Tod, unzählige Lungen hier
atmen, doch ich – bin mehr als dieses Lebens
schlanke Flamme, bewahrt auf Papier.

Gottfried Benn –
Ein Wort

Ein Wort, ein Satz –: aus Chiffren steigen
erkanntes Leben, jäher Sinn,
die Sonne steht, die Sphären schweigen,
und alles ballt sich zu ihm hin.

Ein Wort – ein Glanz, ein Flug, ein Feuer,
ein Flammenwurf, ein Sternenstrich –
und wieder Dunkel, ungeheuer,
im leeren Raum um Welt und Ich.

■

licht
und lieder,
dann wieder
nicht.

John Keats –
Ode on a Grecian Urn

Thou still unravish'd bride of quietness,
Thou foster-child of silence and slow time,
Sylvan historian, who canst thus express
A flowery tale more sweetly than our rhyme:
What leaf-fring'd legend haunts about thy shape
Of deities or mortals, or of both,
In Tempe or the dales of Arcady?
What men or gods are these? What maidens loth?
What mad pursuit? What struggle to escape?
What pipes and timbrels? What wild ecstasy?

Heard melodies are sweet, but those unheard
Are sweeter; therefore, ye soft pipes, play on;
Not to the sensual ear, but, more endear'd,
Pipe to the spirit ditties of no tone:
Fair youth, beneath the trees, thou canst not leave
Thy song, nor ever can those trees be bare;
Bold Lover, never, never canst thou kiss,
Though winning near the goal yet, do not grieve;
She cannot fade, though thou hast not thy bliss,
For ever wilt thou love, and she be fair!

Ah, happy, happy boughs! that cannot shed
Your leaves, nor ever bid the Spring adieu;
And, happy melodist, unwearied,
For ever piping songs for ever new;
More happy love! more happy, happy love!
For ever warm and still to be enjoy'd,
For ever panting, and for ever young;

All breathing human passion far above,
That leaves a heart high-sorrowful and cloy'd,
A burning forehead, and a parching tongue.

Who are these coming to the sacrifice?
To what green altar, O mysterious priest,
Lead'st thou that heifer lowing at the skies,
And all her silken flanks with garlands drest?
What little town by river or sea shore,
Or mountain-built with peaceful citadel,
Is emptied of this folk, this pious morn?
And, little town, thy streets for evermore
Will silent be; and not a soul to tell
Why thou art desolate, can e'er return.

O Attic shape! Fair attitude! with brede
Of marble men and maidens overwrought,
With forest branches and the trodden weed;
Thou, silent form, dost tease us out of thought
As doth eternity: Cold Pastoral!
When old age shall this generation waste,
Thou shalt remain, in midst of other woe
Than ours, a friend to man, to whom thou say'st,
»Beauty is truth, truth beauty,—that is all
Ye know on earth, and all ye need to know.«

Keats' Ode auf eine griechische Urne
(grobe Zusammenfassung)

Da steckt was drin, was
mehr als Asche wiegt, es ist
verklungene Musik –
Schwarz, das weiße
Blüten treibt.
Alles, alles, was
dem, der darin liegt,
je widerfuhr, kehrt wieder.
Bunter Traum aus grauer Zeit.
Leid. Verwandelt. Neue Lieder.
Was je geliebt hat, bleibt.

schön = wahr & wahr = schön.
der Rest geht euch verdammt nix an.

Cesare Pavese – Verrà la morte

Verrà la morte e avrà i tuoi occhi
questa morte che ci accompagna
dal mattino alla sera, insonne,
sorda, come un vecchio rimorso
o un vizio assurdo. I tuoi occhi
saranno una vana parola,
un grido taciuto, un silenzio.
Così li vedi ogni mattina
quando su te sola ti pieghi
nello specchio. O cara speranza,
quel giorno sapremo anche noi
che sei la vita e sei il nulla.

Per tutti la morte ha uno sguardo.
Verrà la morte e avrà i tuoi occhi.
Sarà come smettere un vizio,
come vedere nello specchio
riemergere un viso morto,
come ascoltare un labbro chiuso.
Scenderemo nel gorgo muti.

trittbrettfahrt nach pavese

mein tod wird keine augen haben,
er ist kein altes schuldgefühl
noch eine unart, die man pflegt.

vielleicht ein unterdrückter schrei,
ein schweigen, das dir alles sagt,
wozu nur worte nie genügten.

hoffnung ist nicht nichts und alles.
hoffnung ist nur irgendwas.
weder bunt noch schwarz noch weiß.

wir werden in den strudel steigen,
weil wir es verdienen, wär es
anders, blieben wir für immer.

Rainer Maria Rilke – Liebes-Lied

Wie soll ich meine Seele halten, daß
sie nicht an deine rührt? Wie soll ich sie
hinheben über dich zu andern Dingen?
Ach gerne möcht ich sie bei irgendwas
Verlorenem im Dunkel unterbringen
an einer fremden stillen Stelle, die
nicht weiterschwingt, wenn deine Tiefen schwingen.
Doch alles, was uns anrührt, dich und mich,
nimmt uns zusammen wie ein Bogenstrich,
der aus zwei Saiten *eine* Stimme zieht.
Auf welches Instrument sind wir gespannt?
Und welcher Spieler hat uns in der Hand?
O süßes Lied.

Wie soll ich meine Seele halten,
damit sie an deine nicht rührt?
Wie sie unbelastet über dich
hinweg zu andern Dingen heben?
Gerne würd ich sie vergraben
irgendwo, an stillen dunklen
Stellen, die nicht weiter schwingen,
wenn deine Tiefe schwingt, doch alles,
was uns beide streift, bespielt uns,
wie ein Geigenbogen zwei
der hohen Saiten, sag, auf welches
Instrument sind wir gespannt –
und welcher Virtuose spielt
da oben unser Lied?

Christian Morgenstern –
Das ästhetische Wiesel

Ein Wiesel
saß auf einem Kiesel
inmitten Bachgeriesel.

Wißt ihr
weshalb?

Das Mondkalb
verriet es mir
im Stillen:

Das raffinier-
te Tier
tat's um des Reimes willen.

■

vorüberziehen dreizehn
wunderschöne schwäne.
einer hat die pest,
die anderen migräne.

der eine ist todkrank
und kehrt zum sterben heim.
die andren leiden tapfer
für den reinen reim.

Friedrich Nietzsche –
Ecce homo

Ja! Ich weiß, woher ich stamme!
Ungesättigt gleich der Flamme
Glühe und verzehr' ich mich.
Licht wird alles, was ich fasse,
Kohle alles, was ich lasse:
Flamme bin ich sicherlich.

■

von liane zu liane
hangelt oben sich mein stolz,
wohl vergebens, wie ich ahne,
hack ich schneisen in das holz.
fühle mich als alter affe,
den im dschungel armut quält.
licht ist alles, was ich schaffe,
kohle alles, was mir fehlt.

Georg Trakl –
Die Ratten

Im Hof scheint weiß der herbstliche Mond.
Vom Dachrand fallen phantastische Schatten.
Ein Schweigen in leeren Fenstern wohnt;
Da tauchen leise herauf die Ratten

Und huschen pfeifend hier und dort
Und ein gräulicher Dunsthauch wittert
Ihnen nach aus dem Abort,
Den geisterhaft der Mondschein durchzittert

Und sie keifen vor Gier wie toll
Und erfüllen Haus und Scheunen,
Die von Korn und Früchten voll.
Eisige Winde im Dunkel greinen.

■

Oktobermond bestreicht mit blassen
Farben das Gehöft, bizarre Schatten,
formlos, wachen Augs kaum zu erfassen,
fallen aus den Fenstern. Dort, die Ratten –

kommen. Hart am Lichtrand sammelt sich
ihr Heer, Latrinendunst umweht die Gier,
mit der sie schnüffeln, pfeifen, widerlich,
sie kommen, greifen an, sie sind schon hier,

im Haus und in den Scheunen, plündern meine
Ernte. Bald, im Winter, wenn sich Stille
mit der Finsternis verbündet, keine
Speicher übrig sind, geschieht ihr Wille.

Alfred Lichtenstein – Der Angetrunkene

Man muß sich so sehr hüten, daß man nicht
Ohn jeden Anlaß aufbrüllt wie ein Tier.
Daß man der ganzen Kellnerschaft Gesicht
Nicht kurz und klein haut, übergießt mit Bier.

Daß man sich nicht die ekle Zeit verkürzt,
Indem man sich in einen Rinnstein legt.
Daß man sich nicht von einer Brücke stürzt.
Daß man dem Freund nicht in die Fresse schlägt.

Daß man nicht plötzlich unter Hundswauwau
Die Kleider sich vom feisten Leibe reißt.
Daß man nicht irgendeiner lieben Frau
Den finstern Schädel in die Schenkel schmeißt.

Man muß sich hüten, daß man nicht
ganz grundlos Amok läuft und schreit,
den Kellnern alle Knochen bricht
und Bier in ihre Fressen speit.

Man kann die ekle Zeit verkürzen,
im Rinnstein ein Exil sich bauen.
Kann sich von der Brücke stürzen,
dem Freund in seine Fresse hauen.

Man kann sich unter Hundswauwau
vom fetten Leib die Kleider reißen,
sie irgendeiner netten Frau
vor ungeküßte Füße schmeißen,

den kranken Kopf in ihrem Schoß
vergraben, hoffen, daß sie ihn
nicht gleich verstößt, es wäre bloß
ein Zeitgewinn, doch immerhin...

Necklemer Lied

Ich ging spaziern im stillen Haine,
des Nachts bei hellem Mondenscheine,
und sah von fern ein Mädchen stehn.
Sie war so schön wie eine Rebe,
sie war, bei Gott, so wahr ich lebe,
die Schönste, die ich je gesehn!

Als sie mich sah, da wollt' sie fliehen,
allein umsonst war ihr Bemühen,
ich faßte sie am Kleid und sprach:
Ei Mädchen, willst Du mich verlassen,
willst Du mich lieben oder hassen?
Ihre Antwort war ein leises: Ja.

Wir setzten uns ins Grüne nieder,
ich küsste sie und sie mich wieder,
wir kannten uns vor Liebe kaum;
und so verschwand sie unter Küssen.
Wollt ihr das Lied noch weiter wissen?
Ich wachte auf, es war ein Traum!

Ein Traum war es, ein Traum auf Erden,
kaum fängt man an, ein Mensch zu werden,
kaum fängt man an, ein Mensch zu sein,
so muß man schon die Welt verlassen,
so muß man die Liebe lassen,
eh' man sie recht gesehn!

■

Die Frühlingsnacht, als ich sie fand,
als hell der Mond am Himmel stand,
da sah ich fern ein Mädchen stehn,
sie war so schön wie eine Rebe,
sie war, ich schwörs, so wahr ich lebe,
die Schönste, die ich je gesehn!

Sie wollte mir partout entfliehen,
ich habe ihr sogleich verziehen,
hielt sie fest, und als ich fragte:
Du willst mich einfach so verlassen,
weder lieben mich, noch hassen?
war »Ach« fast alles, was sie sagte.

Wir setzten uns ins Grüne nieder,
ich küßte sie und sie mich wieder,
wir kannten uns vor Liebe kaum;
alsbald entschwand sie meinen Küssen.
Wollt ihr das Lied noch weiter wissen?
Ich wachte auf, es war ein Traum!

Ein Glücksgespinst, ein Hauch auf Erden.
Kaum fängst du an, ein Mensch zu werden,
ein Mensch zu sein, wirst du begraben,
im Acker außerhalb der Mauern.
Die bleiben, werden nicht lang trauern –
und an sich selbst zu tragen haben.

Heinrich Heine –
Jehuda ben Halevy II, aus: *Romanzero*
[*Drittes Buch: Hebräische Melodien*]

Bei den Wassern Babels saßen
Wir und weinten, unsre Harfen
Lehnten an den Trauerweiden –
Kennst du noch das alte Lied?

Kennst du noch die alte Weise,
Die im Anfang so elegisch
Greint und sumset, wie ein Kessel,
Welcher auf dem Herde kocht?

Lange schon, jahrtausendlange
Kocht's in mir. Ein dunkles Wehe!
Und die Zeit leckt meine Wunde,
Wie der Hund die Schwären Hiobs.

Dank dir, Hund, für deinen Speichel –
Doch das kann nur kühlend lindern –
Heilen kann mich nur der Tod,
Aber, ach, ich bin unsterblich!

Jahre kommen und vergehen –
In dem Webstuhl läuft geschäftig
Schnurrend hin und her die Spule –
Was er webt, das weiß kein Weber.

Jahre kommen und vergehen,
Menschentränen träufeln, rinnen
Auf die Erde, und die Erde
Saugt sie ein mit stiller Gier –

(weggelassen sind ca. 30 Strophen)

■

Bei den Wassern Babels saßen
wir und weinten, unsre Harfen
lehnten an den Trauerweiden –
Weißt du noch das alte Lied?

Kennst du noch die alte Weise,
die im Anfang so elegisch
summt und traurig, wie ein Kessel
auf dem Herd, beschließt, zu pfeifen?

Lange schon, jahrtausendlange
kochts in mir. Ein dunkler Schrei.
Nur die Zeit leckt meine Wunde,
wie der Hund die Schwären Hiobs.

Dank dir, Hund, für deinen Speichel –
Doch er kann nur kühlend lindern –
Heilen kann mich nur der Tod,
aber, ach, ich bin unsterblich!

Jahre kommen und vergehen,
und im Webstuhl läuft geschäftig
schnurrend hin und her die Spule –
Was gewebt wird, weiß sie nicht.

Die Zeit ist der Kondukt des Lebens.
Menschentränen rinnen, fallen,
auf die Erde, und der Acker
saugt sie ein mit stiller Gier.

Ovid –
aus: Metamorphosen, XV. Buch

Nec species sua cuique manet, rerumque novatrix
ex aliis alias reparat natura figuras:
nec perit in toto quicquam, mihi credite, mundo ...

■

Nichts, was Gestalt hat, behält sie.
Aus Liebe zum ständigen Wandel
formt die Natur alles um.
Entwirft es stets neu, zwar verändert –
doch in der Weite des Kosmos, glaubt mir,
geht nichts je verloren.

Anmerkungen zu den Coverversionen

Algernon Charles Swinburne – aus: *Atalanta in Calydon* — Diese Version ist hart an der Grenze, die sie von einer reinen Übersetzung unterscheidet. Sie diente als Motto zu meinem Roman *Nicht ganz schlechte Menschen*. Ich wollte sie etwas weniger pathetisch und artifiziell klingen lassen, da die Originalsprache schon zu Swinburnes Zeiten etwas Antiquiert- Bemüht-Gesuchtes besaß, wenngleich die reine Botschaft modern, fast existentialistisch anmutet.

William Blake – The Garden of Love — Dies ist eher eine Übersetzung als eine Coverversion. Daß ich beim Übersetzen meinen eigenen Kopf nie ausschalten kann, sollte als möglicher Zugewinn in Kauf genommen werden.

Georg Trakl – Verfall — Zu Trakl habe ich ein zwiespältiges Verhältnis. Bei allem Verständnis für die Situation des jungen Mannes – vieles halte ich für unausgegorene Pennälerlyrik, bestenfalls. Warum dergleichen so beliebt ist bei den Deutschen, will sich mir partout nicht erschließen. Ich nehme es duldsam als gegeben hin. Besonders erstaunt hat mich der Umstand, daß im Lyrikkanon von literaturkritik.de das hier zitierte Gedicht auf Platz 13 auftauchte, mithin also ernst zu nehmen war. Viel ist daraus nicht zu machen. Ein wenig, immerhin.

Rainer Maria Rilke – Der Panther — Ein nahezu perfektes Gedicht. Es bleibt Ansichts- bzw. Geschmackssache, ob man die behäbigere fünfhebige Originalversion, die dem trägen Gang des Panthers eher entsprechen mag, der vierhebigen vorzieht, die dem Tier mehr Spannkraft und Geschwindigkeit verleiht. Für mich war ausschlaggebend, daß überhaupt eine gedrängtere Version ohne entscheidenden Substanzverlust möglich ist, was ich bei der Arbeit nicht unbedingt vorausgesagt hätte.

Bertolt Brecht – Erinnerung an die Marie A. — Brechts großes und berühmtestes Gedicht ist, gut vorgetragen, von einzigartiger Wirkungskraft, zweifellos. Sieht man genauer hin, fällt einem auf, daß er es sich formal, wie so oft, einfacher als nötig gemacht hat. Nur jede zweite Zeile ist gereimt, es finden sich etliche Wortwiederholungen, die im Vortrag kaum auffallen würden, die dennoch nicht sein müssten.

C. F. Meyer – Der römische Brunnen — Ein immergrünes Kanongedicht, das, genauer betrachtet, ein Update gut verträgt. Es handelt sich mehr um eine sprachliche Aktualisierung als um eine konkrete Verbesserung. Es geht auch nicht, wenigstens in den meisten Fällen, um Verbesserungen. Mich interessiert schlicht, was ich aus diesem oder jenem Einfall gemacht hätte – wenn ich ihn denn gehabt hätte. Zuallererst ist dergleichen ein Experiment und/oder eine Hommage.

Joseph von Eichendorff – Mondnacht — Auch hier wurde eine als sakrosankt gehandelte Vorlage angegangen, mit recht interessantem Ergebnis, wie ich finde. Inhaltlich wurden neue, musikalischere Schwerpunkte gelegt, die Coverversion wirkt meiner Meinung nach stringenter, indem sie auf einen anderen, hymnenhafteren Fokus zielt. Wörter wie »Blütenschimmer« sind heutzutage angreifbar und ersetzungsbedürftig, ansonsten wurde der romantische Duktus des Originals beibehalten, mit all seinem wunderbar funkelnden Pathos.

Eduard Mörike – Um Mitternacht — Ein großes Gedicht, zweifelsohne, man kann Mörike allerhöchstens den leisen Vorwurf machen, zu sehr den Sprachhülsen seiner Zeit verpflichtet ge-

wesen zu sein. Meine Version besitzt ein pathetisches Surplus – und rückt das Original auf eine metaphysischere Ebene, lockert seinen Duktus auf, ohne es radikal zu modernisieren. »Der flüchtgen Stunden gleichgeschwungnes Joch« hat mir nicht gefallen, ist eine zu volle, gekünstelte Zeile.
Aber welche Wirkung geht von den beiden reimlos bleibenden Schlußversen aus! Darin ist das Gedicht seiner Entstehungszeit überlegen.

Wilhelm Busch – Die Selbstkritik — Busch ist formal souverän, aber kein Perfektionist gewesen. Die Coverversion entfernt sich vom Original, weist aber noch auf jenes hin. Meine Fassung kommt dank Binnenreimen mit nur zehn statt zwölf Zeilen aus, ist wohl etwas homogener und liest sich wie von Eugen Roth verfaßt, was ich übrigens durchaus nicht als Vorwurf empfände. Etwas Moderneres ließe sich aus der stofflichen Vorlage sicher irgendwie machen. Aber das ist das Schöne an Coverversionen – man muß sie nicht mit aller Gewalt in die Gegenwart zerren.

Paul Celan – Todesfuge — Dieses Gedicht, als Mantra-Sermon der Trauer und Wut, läßt sich an kaum einer Stelle irgendwie beanstanden, zu groß ist seine Wucht vor dem historischen Hintergrund des Holocaust. Einzig zu befragen ist seine Länge. Gekürzt um alle vielleicht rhetorisch sinnvollen Redundanzen, stellt sich die Frage, ob es in der abgespeckten Version nicht ebenso erfolgreich gewesen sein könnte. Ich glaube, daß dem so ist, endgültig sicher bin ich mir nicht. Es gibt dreiminütige Coverversionen ursprünglich achtminütiger Rocksongs. Fast immer entsteht dabei nicht nur eine *Short Version*, sondern etwas Neues, Anderes. Ähnlich ist es wohl hier. Das Tempo, in dem man meine Fassung vorlesen müßte, wäre zum Beispiel viel langsamer, bedächtiger, kälter als jenes, das das Original erfordert.

Heinrich Heine – Ein Jüngling liebt ein Mädchen — Auch hier stellt sich ein – zu Recht – als heilig gehandeltes Poem formal etwas schwachbrüstig dar, indem es metrisch hier und da hapert und nur jede zweite Zeile reimt. Ich habe dem Abhilfe geschaffen und inhaltlich die Aussage des Originals leicht erweitert, vom Konkreten mehr ins Allgemeine, an einer Stelle auch ins leicht Obszöne. Man hört natürlich im Geiste die Vertonung durch Schumann – eine solche hat meine Version nicht zu bieten. Dennoch bin ich um sie froh. Sie zu verfassen war, wie einen Moment lang Heine zu begegnen und ihm auf die Schulter zu klopfen. Ich bin mir beinahe sicher, daß er meine Alternative nicht überlegungslos fortgewischt hätte.

Friedrich Hölderlin – Hyperions Schicksalslied — Hier war Übermut am Werk, denn Hölderlin, in welcher Weise auch immer, abändern zu wollen, kommt nur Halbwüchsigen und Geisteskranken in den Sinn. Ich habe es dennoch versucht, heraus kam etwas, das nicht mehr ganz Hölderlin ist und nur ein wenig schon Krausser. Nein, meine Version ist weniger gut als das Original, das ist ganz klar. Ich lasse sie dennoch bestehen, denn irgendetwas besitzt sie ja doch. Meine Schlußzeilen beispielsweise enthalten etwas, das Hölderlin sich im Regelfall versagt hätte – den Hohen Ton im Umgang mit Numinos-Himmlischem trivial auf den Wunsch nach menschlicher Liebe zu rekurrieren. Diesen Tabubruch zu wagen, besaß jedoch einen gewissen ganz eigenen Reiz.
Das Ungewisse besitzt nunmal keine Richtung. Das sei dem großen Hölderlin als sanfte Kritik aufs Grab gelegt.

Johann Wolfgang von Goethe – Ein Gleiches — Wer mich gelesen hat, weiß, daß ich von Goethe-Gedichten wenig halte. »Ein Gleiches« ist kein so großes Gedicht, wie alle Welt behauptet, ist jedoch auch nicht so kraß überbewertet wie Goethes sonstige lyrische Produktion. Es ist ganz okay. »Balde« und »ruhest« kann man aber guten Gewissens durch weniger prätentiöses Deutsch ersetzen.

Hugo von Hofmannsthal – Reiselied — Hier liegt der Fall mal anders. »Reiselied« ist für mich ein mißglücktes Gedicht, das aber Potential ausstrahlt. Man weiß sofort, was gemeint, was aber nur halbwegs und höchst ungefähr realisiert ist. Meine Version verknappt zugegebenermaßen die Aussagen, die in der letzten Strophe angerissen werden, dennoch behebt sie alle Fahrlässigkeiten vor allem der ersten Strophe des Originals.

Gaius Valerius Catullus – Odi et amo — Kaum ein Gedicht ist so oft übersetzt worden wie jener Zweizeiler. Auch vom Autor dieser Zeilen, siehe *Tagebuch Oktober* (belleville und Rowohlt). Die Travestie, die Aussage des Originals kraß umzumünzen, entspringt der Auffassung, daß von derlei wuchtigen und überbekannten Aperçus immer auch das Gegenteil gültig ist.

Gaius Valerius Catullus – Ille mi par esse deo — Wir wissen leider nicht, wie Sapphos nur fragmentarisch erhaltenes Original endete, aber höchstwahrscheinlich ganz anders als bei Catull in seiner vorliegenden Adaption. Catull machte mit Sapphos Vorlage dasselbe, was ich nun mit seinem Gedicht veranstalte: Ich ergänze es um eine Strophe, knüpfe einen Gedanken fort, runde eine Meditation ab, gebe meinen Senf hinzu.

Friedrich Hölderlin – An die Parzen — Wie schon gesagt, an Hölderlins riesenhaften Gedichten ist kaum etwas zu hinterfragen. Die Coverversion von »An die Parzen« ist demnach mehr frivole Travestie, die mit unbekümmerter Flapsigkeit beginnt, von der Vorlage im Plauderton wegführt, dann aber, trotz eines Selbstlobs, überraschend ernst bleibt und, unter Beibehaltung des pathetischen Vorwurfs, in fast gar nicht ironisch gebrochenem Tonfall das ewige Thema der nicht zur Genüge erhaltenen Aufmerksamkeit zu Lebzeiten behandelt. Das ist viel mehr Krausser als Hölderlin. Eine, wie ich finde, geglückte Symbiose, ein Treffen der besonderen Art.

Hugo von Hofmannsthal – Manche freilich — Hier hat mich eines seiner berühmtesten Gedichte gereizt, vor allem seiner Formlosigkeit wegen. Es macht viel her, verzichtet auf jeden Reim, macht auf dicke Hose, tönt und wogt, gibt an ohne Ende, kündet und tost, einer Predigt gleich. Meine Version wird durch die formale Strenge sicher spröder klingen als das Original, dennoch glaube ich, der Vorlage etwas abgewonnen zu haben, etwas Eigenes, das den Furor wie auch die Ambition des Dichters zugleich respektiert wie zügelt.

Gottfried Benn – Ein Wort — Meine Coverversion hat etwas Abschätziges, Persiflierendes, und wirklich halte ich Gottfried Benn für einen insgesamt überschätzten Lyriker. Besonders fragwürdig finde ich seine mittlere Phase, als er mit entlegensten Reimen zu brillieren versuchte und meist nur Bemühtestes erschuf.

John Keats – Ode on a Grecian Urn — Keats ist auch so ein früh Verstorbener, aus dem viel hätte werden können, der aber über Wert gehandelt wird. Die Ode an eine griechische Vase ist wohl sein bestes Poem. Meine Fassung ist keine Übersetzung, keine Parodie, etwas ganz Eigenständiges, das aber ohne die Vorlage nicht denkbar wäre. Wie man so etwas korrekt tituliert, entzieht sich meiner Kenntnis.

Cesare Pavese – Verrà la morte — Hier liegt tatsächlich eine Trittbrettfahrt vor, denn ich habe kaum etwas anderes gemacht, als Pavese in jeder seiner Aussagen zu widersprechen. Das Raunende der Vorlage erlaubt dies, womit eine gewisse Belanglosigkeit des Originals durchscheint. Meine Version, auch wenn sie zu völlig anderen Ergebnissen kommt, entbehrt nicht der Leidenschaft, in der Pavese sein existentielles Manifest vorträgt. Mein Ja zum Tod ist keine Resignation und keine Kapitulation. Und wenn doch – jede Kapitulation vor der Wahrheit ist ein vernünftiger Schritt.

Rainer Maria Rilke – Liebes-Lied — Es mag Geschmackssache sein, aber nach meinem Dafürhalten steckt der Reimzwang das Thema des Gedichts in ein zu eng sitzendes Korsett. Meine Version läßt los, läßt alle Glieder fahren, entspannt sich, dem Tonfall eines Liebenden, der über seine Geliebte sinniert, angemessener. Es liegt einer jener Fälle vor, da die Botschaft durch zu viel Formwillen, so präzise er auch realisiert wurde, an Lebhaftigkeit verliert. Ganz sicher bin ich mir nicht. Aber was bedeutet eigentlich: »hinheben über dich«? Eine klar der Metrik geschuldete Stelle. Diese winzige Schwäche der Vorlage war Motivation genug.

Christian Morgenstern – Das ästhetische Wiesel — Morgensterns Gedicht ist perfekt, erlaubt ist daher nur eine Variation zum Thema, die mit dem Wortlaut des Originals nichts, aber auch gar nichts zu tun hat, außer der Pointe, daß nämlich Tiere sich nach menschlich-ästhetischen Vorgaben verhalten. Ein guter Witz, erzählt mit anderen Worten. Bei mir ist nur jede zweite Zeile gereimt, was ich etlichen Vorgängern zum Vorwurf gemacht habe. Hier verfahre ich selbst so, denn das Thema schreit formal danach, daß die Pointe des Endreims hervorgehoben wird und nicht neben zuvielen anderen Reimen versickert.

Friedrich Nietzsche – Ecce homo — Eine Parodie, die meine zertrümmerte Befindlichkeit der des großen Zertrümmerers entgegenstellt.

Georg Trakl – Die Ratten — Ein recht schwaches Gedicht, wie so viele von Trakl, der als Autor sein Nachleben mir unbekannten Verdiensten verdankt. »Die Ratten« ist eines von wenigen auf mich attraktiv wirkenden Gedichten Trakls, weil es expressiv-daseinsbewußte Substanz besitzt, welche indes formal kaum ausgearbeitet wurde. Die Vorlage ist derart krude, daß man sich fragt, weswegen die Literaturgeschichte je dergleichen so unkritisch hingenommen hat.

Alfred Lichtenstein – Der Angetrunkene — Was soll man viel sagen: Lichtensteins Original hat trotz etlicher Dellen in der Rüstung doch sehr viel für sich, man kann sogar sagen: Gerade dadurch wirkt es so authentisch und mitreißend hingerotzt. Meine Version ist deutlich getragener, vergrübelter, hat aber auch was.

Necklemer Lied — Wir kennen den Verfasser dieser volksliedhaften Verse nicht, aber es ist ihm ein zauberischer Moment gelungen. Die Zeile: »Ihre Antwort war ein leises: Ja« hat mich schon immer überwältigt, gerade weil auf »Ja« kein Reim folgt. Hier habe ich mal den Achim von Arnim gegeben und aus der naiven Volkslyrik ein sozusagen professionelles und doppelbödiges Gedicht gemacht, das akademischem Anspruch standhält. Und wie man sieht, ist meine Fassung nicht unbedingt besser, nur anders.

Heinrich Heine – Jehuda ben Halevy II, aus: *Romanzero,* — Hier bestand meine Arbeit nicht hauptsächlich in winzigen Textänderungen, sondern darin, aus einem gefühlt drei Stunden langen Gedicht jene Strophen zu extrahieren, die, für sich genommen, etwas einzigartig Großes ergeben. Sprich: Ich habe für Heine den sehr, sehr strengen Lektor gespielt. Er möge mir vergeben.

Ovid — Eine Stelle aus den *Metamorphosen,* XV. Buch, die ich meinen *Wilden Hunden von Pompeii* als Motto vorangestellt habe.

Sie ist so hübsch mutmachend und optimistisch – und die bisherige Übersetzung von Voss taugte schlicht nichts.

DIE 33 BESTEN SONETTE SHAKESPEARES,

übersetzt von Helmut Krausser

Diese Sonette erschienen zuvor im Berliner Hochroth-Verlag in drei schmalen Bändchen, die weiterhin dort bestellt werden können – es ist eine der schönsten Editionsformen, die ich kenne. Warum ich nur 33 der 154 Sonette übersetzt habe? Ich habe alle übersetzt, die ich gut fand. Mehr fand ich eben nicht. Proportional ähnlich geht es mir mit seinen Stücken, und die christushafte, völlig unkritische Verehrung, die ihm in letzter Zeit wieder zuteil wird, geht mir ziemlich auf den Zeiger. Mehr noch nerven aber die vielen Plapperer, die von nichts 'ne Ahnung haben, kaum Englisch können, schon gar kein elisabethanisches Englisch, aber als allererstes (und immer so gönnerhaft und kennerisch) fallenlassen, daß an die Originale halt doch nichts rankäme.

135

Whoever hath her wish, thou hast thy Will,
And Will to boot, and Will in overplus;
More than enough am I that vex thee still,
To thy sweet will making addition thus.

Wilt thou, whose will is large and spacious,
Not once vouchsafe to hide my will in thine?
Shall will in others seem right gracious,
And in my will no fair acceptance shine?

The sea, all water, yet receives rain still,
And in abundance addeth to his store;
So thou, being rich in Will, add to thy Will
One will of mine to make thy large Will more.

Let no unkind, no fair beseechers kill;
Think all but one, and me in that one Will.

Erste Abteilung: Sonette über Trieb und Liebe an die *Dark Lady* und Ihn – oft an beide.

Was Frau auch immer will, 'nen Will besitzt
du schon, willst aber mehr? Um Himmels Willen.
Ich laß dich nie in Ruh, und du, du spitzt
auf Willis aller Art, dein Wolln zu füllen.

Geräumig wie du bist, ist deine Lust –
verstau' auch mich darin. Ich schiebe Frust
und schöbe lieber was von mir in dich.
Heiß mich herein. Will kommen. Weis mich nicht

zurück. Bist scharf auf jeden straffen Schwanz,
ich wär ein Will zuviel? Das Meer ist ganz
aus Wasser, akzeptiert den Regenguß

als mehr an Meer. Genieß den Überfluß,
nimm alle Willis als obs einer sei –
und mich als neu dazustoßendes Teil.

129

Th' expense of spirit in a waste of shame
Is lust in action, and till action, lust
Is perjured, murd'rous, bloody, full of blame,
Savage, extreme, rude, cruel, not to trust,

Enjoyed no sooner but despisèd straight,
Past reason hunted, and no sooner had,
Past reason hated as a swallowed bait
On purpose laid to make the taker mad;

Mad in pursuit, and in possession so,
Had, having, and in quest to have, extreme;
A bliss in proof, and proved, a very woe;
Before, a joy proposed; behind, a dream.

All this the world well knows, yet none knows well
To shun the heaven that leads men to this hell.

Der Trieb verschleudert mehr als schamlos Saft.
Die Lust, am Ziel, währt kurz, wird auf dem Weg
dorthin brutal, verlogen, pöbelhaft
und skrupellos, zu jedem Sakrileg

bereit. Und allzubald bereut. Absurd
der Aufwand: Hat ein Fisch den Wurm verdrückt
und Irrsinn alle Schnüre festgezurrt –
ist oft des Fisches Fischer Wurm. Verrückt.

Der Trieb macht krank. Zuvor, dabei, danach.
Ob man's gemacht hat, machen möchte, macht –
Erfolg, erfolgt, verpufft. Bringt Ungemach.

Das weiß die Welt. Doch keiner hat's vollbracht,
den klitzekurzen Himmel zu vermeiden,
auf den die Hölle folgt und langes Leiden.

130

My mistress' eyes are nothing like the sun;
Coral is far more red than her lips' red;
If snow be white, why then her breasts are dun;
If hairs be wires, black wires grow on her head.

I have seen roses damasked, red and white,
But no such roses see I in her cheeks;
And in some pérfumes is there more delight
Than in the breath that from my mistress reeks.

I love to hear her speak, yet well I know
That music hath a far more pleasing sound.
I grant I never saw a goddess go;
My mistress, when she walks, treads on the ground.

And yet, by heaven, I think my love as rare
As any she belied with false compare.

Ihr Blick beleuchtet keinen Pfad bei Nacht.
Korallenrote Lippen? Hat sie nicht.
Ein Decolleté wie Schnee? Matsch-Grau. Auch macht
ihr Haar nichts her. Ist schwarzes Draht-Dickicht.

Den Wangen fehlen Rosenfarben. Gibt
Parfüm, das weitaus besser riecht als sie.
Bin ich in ihre Stimme auch verliebt –
Musik klingt meistens schöner. Habe nie,

das geb ich zu, ne Göttin wandeln sehn
auf Erden, denke mal, daß deren Füße
den Boden seltener berührn beim Gehn

als ihre, dennoch schwör ich: meine Süße
ist weißgott einzigartig, grade wie
all jene Über-Fraun der Phantasie.

116

Let me not to the marriage of true minds
Admit impediments. Love is not love
Which alters when it alteration finds,
Or bends with the remover to remove:

O no! it is an ever-fixed mark,
That looks on tempests and is never shaken;
It is the star to every wandering bark,
Whose worth's unknown, although his height be taken.

Love's not Time's fool, though rosy lips and cheeks
Within his bending sickle's compass come;
Love alters not with his brief hours and weeks,
But bears it out even to the edge of doom.

If this be error and upon me proved,
I never writ, nor no man ever loved.

Ich möchte keiner sein, der gegen die
Verbindung zweier Liebender, bevor
er immer schweigt, Protest einlegt. Denn nie
wird echte Liebe schwanken, schwingt empor

sich über jeden Umstand, hält sogar
die Treue, wenn der andre untreu war.
Ist Leuchtturm, Fixpunkt, ewig, bietet Licht,
das Schiffe nachts durch Stürme lenkt, kann nicht,

wiewohl ihr Wert so hoch zu schätzen ist,
berechnet noch verhandelt werden, mißt –
grundgütig – weder Zeit noch Faltenzahl,

geduldig bis zum letzten Sonnenstrahl.
Und läg ich falsch mit dem, was ich grad schrieb,
so hätt ich nie geschrieben, nie geliebt.

140

Be wise as thou art cruel; do not press
My tongue-tied patience with too much disdain,
Lest sorrow lend me words, and words express
The manner of my pity-wanting pain.

If I might teach thee wit, better it were,
Though not to love, yet love, to tell me so,
As testy sick men, when their deaths be near,
No news but health from their physicians know.

For if I should despair, I should grow mad,
And in my madness might speak ill of thee.
Now this ill-wresting world is grown so bad,
Mad sland'rers by mad ears believed be.

That I may not be so, nor thou belied,
Bear thine eyes straight, though thy proud heart go wide.

Sei einmal schlau wie grausam, reize die
Geduld, die meine Zunge zügelt, mit
Mißachtung nicht erneut. Brauch Trost, ich litt
zuviel. Der Schmerz leiht mir sonst Infamie

samt Wortschatz, passend auszudrücken, was
ich fühl. Mein Rat: Seis Lüge, sage mir,
du hättst mich lieb. Wie Ärzte heucheln, daß
es bei fast Toten Hoffnung gibt. Werd schier

verrückt, wenn ich verzweifle. Könnte glatt
im Wahnsinn lästern über dich. Habs satt,
wie diese Welt an irren Lügnern krankt

und – selbst halb irr – den Lügnern gar noch dankt.
Dreh' durch. Gib acht auf mich. Wo immer auch
dein stolzes Herz grad jagt, hier wird's gebraucht.

139

O, call not me to justify the wrong
That thy unkindness lays upon my heart.
Wound me not with thine eye, but with thy tongue;
Use power with power, and slay me not by art.

Tell me thou lov'st elsewhere; but in my sight,
Dear heart, forbear to glance thine eye aside.
What need'st thou wound with cunning when thy might
Is more than my o'er-pressed defense can bide?

Let me excuse thee: Ah, my love well knows
Her pretty looks have been mine enemies,
And therefore from my face she turns my foes,
That they elsewhere might dart their injuries.

Yet do not so; but since I am near slain,
Kill me outright with looks, and rid my pain.

Verlange nicht von mir, dein Treiben gut
zu heißen. Andern schöne Augen gibst
du fies-subtil. Verletz mich bis aufs Blut,
brutal, sag an, wen du gerade liebst.

Sei ehrlich! Statt in meiner Gegenwart
zu flirten. Über mich hast du schon Macht
genug, mein Hilflos-Sein ist offenbart.
Ich hab mir dein Motiv zurechtgedacht:

Du weißt, Geliebte, daß ein Blick von dir
fatale Folgen haben kann. Und du,
um mich zu schonen, rücksichtsvoll, gönnst mir

nicht einen, zwinkerst lieber andren zu.
Ach, laß es! Bin ja alt, beinahe tot.
Sieh her! Erlöse mich von aller Not.

41

Those pretty wrongs that liberty commits
When I am sometime absent from thy heart,
Thy beauty and thy years full well befits,
For still temptation follows where thou art.

Gentle thou art, and therefore to be won;
Beauteous thou art, therefore to be assailed;
And when a woman woos, what woman's son
Will sourly leave her till he have prevailed?

Ay me, but yet thou mightst my seat forbear,
And chide thy beauty and thy straying youth,
Who lead thee in their riot even there
Where thou art forced to break a twofold truth:

Hers by thy beauty tempting her to thee,
Thine by thy beauty being false to me.

Die hübschen krummen Dinger, die du drehst,
wenn ich mal nicht in deiner Nähe bin,
verstehe ich, bist jung, apart, du stehst
im Licht, im Feuer, giltst als Hauptgewinn,

bist Ziel der Jagd nach Schönheit, edler Art.
Wenn Frauen flirten, welcher Mann bleibt hart?
Soll sein. Doch gilt sogar für dich: Du mußt
mich achten, ungeachtet deiner Lust

und deiner Möglichkeiten. Üb Verzicht,
jag anderswo. Verführ die Meine nicht.
Du würdest zwei gegebene Versprechen,

nur weil dus kannst, mit einer Sünde brechen.
Das ihre war: Sie fände nichts an dir.
Mich nie zu hintergehn, versprachst du mir.

144

Two loves I have of comfort and despair,
Which like two spirits do suggest me still:
The better angel is a man right fair,
The worser spirit a woman colour'd ill.

To win me soon to hell, my female evil
Tempteth my better angel from my side,
And would corrupt my saint to be a devil,
Wooing his purity with her foul pride.

And whether that my angel be turn'd fiend
Suspect I may, but not directly tell;
But being both from me, both to each friend,
I guess one angel in another's hell:

Yet this shall I ne'er know, but live in doubt,
Till my bad angel fire my good one out.

Zwei Menschen liebe ich, die lenken mein
Geschick wie Engel. Schön der Mann, ein Quell
des Trosts. Die Frau dagegen dunkelhell,
von ungesundem Teint – und hundsgemein.

Das Biest bringt mich ins Grab, sie korrumpiert
den guten, reinen Engel. Fern von mir
soll der zum Teufel werden. Ob er ihr
und dreistem Hochmut widerstehen wird?

Ich zweifle, doch – mir mangelts am Beweis.
Die beiden mögen sich. Sind seltsam leis
verschwunden. Glaub, mein toller Engel schiebt

sich grad in Dämons tiefste Hölle. Werds
genau nie wissen, wart, mit bangem Herz,
bis dieser Schlund ihn wieder von sich gibt.

141

In faith I do not love thee with mine eyes,
For they in thee a thousand errors note:
But 'tis my heart that loves what they despise,
Who in despight of view is pleased to dote.

Nor are mine ears with thy tongue's tune delighted,
Nor tender feeling, to base touches prone,
Nor taste, nor smell, desire to be invited
To any sensual feast with thee alone:

But my five wits nor my five senses can
Dissuade one foolish heart from serving thee,
Who leaves unsway'd the likeness of a man,
Thy proud heart's slave and vassal wretch to be:

Only my plague thus far I count my gain,
That she that makes me sin, awards me pain.

Mal ehrlich: Wär ich Auge, sähe ich
an dir die tausend Mängel, liebte dich,
bei allem, was es zu bequengeln gibt,
nicht wie mein Herz dich grade dafür liebt.

Denk mich als Ohr: Von deiner Stimme wär
ich kaum entzückt, als Haut, die spürt, nicht sehr
berührt von deiner, nee, und auch dem Rest –
Geruch, Geschmack – wärst du kein Sinnenfest.

Doch Sinne und Vernunft: Ade! – Nichts kann
mich hindern, als dein Sklave Dienst zu tun,
bin Wicht und Strolch, Relikt von einem Mann.

Und dank dir krank zu sein, das hab ich nun
davon. Verführst mich erst, und mein Gewinn
besteht aus Schmerz. Der reinste Widersinn.

147

My love is as a fever, longing still
For that which longer nurseth the disease,
Feeding on that which doth preserve the ill,
Th' uncertain sickly appetite to please.

My reason, the physician to my love,
Angry that his prescriptions are not kept,
Hath left me, and I desp'rate now approve
Desire is death, which physic did except.

Past cure I am, now reason is past care,
And frantic mad with evermore unrest,
My thoughts and my discourse as madmen's are,
At random from the truth vainly expressed;

For I have sworn thee fair and thought thee bright,
Who art as black as hell, as dark as night.

Ich lieb im Fieber, brenne, sehne mich
nach allem, was die Flammenbrunst noch nährt
statt löscht. Den kranken Trieb, der an mir zehrt,
verstärkt. Verstand, mein innrer Arzt, hat sich

beleidigt lang schon abgewandt von mir,
da ich auf seinen Ratschlag pfiff. Zu spät,
verzweifelt, seh ich ein, daß diese Gier,
wie angedroht, mir gar ans Leben geht.

Egal, passé, bin trost- und rettungslos
verloren, fickrig, unberechenbar –
und was ich denke oder sag, wirkt bloß

bescheuert, meistens wirr, zu selten wahr.
Ich hab dich schön genannt, als Licht gedacht.
Doch bist du höllenschwarz wie finstre Nacht.

42

That thou hast her it is not all my grief,
And yet it may be said I loved her dearly;
That she hath thee is of my wailing chief,
A loss in love that touches me more nearly.

Loving offenders, thus I will excuse ye:
Thou dost love her because thou knowst I love her;
And for my sake even so doth she abuse me,
Suff'ring my friend for my sake to approve her.

If I lose thee, my loss is my love's gain,
And losing her, my friend hath found that loss;
Both find each other, and I lose both twain,
And both for my sake lay on me this cross.

But here's the joy; my friend and I are one.
Sweet flatt'ry! Then she loves but me alone.

Du nahmst sie dir. Was nicht das Schlimmste wär.
Hab sie doch sehr geliebt, ums mal zu sagen.
Daß sie nun dich besitzt, verletzt mich mehr.
Denn du bist unersetzlich. Statt zu klagen,

such ich Verständnis für euch Liebesdiebe:
Du nahmst sie mir, weil sie die Meine war.
Genauso ging es ihr, nur mir zuliebe
hat sie sich an dich rangeschmissen, klar:

Verlör ich dich, gewönne sie, verlier
ich sie, gewännest du, was ich verlor.
Zwei Menschen, die ich liebe, fanden sich.

Nur ich, aufs Kreuz gelegt, bleib außen vor.
Und reds mir schön. Denn du und ich, sind wir
nicht eins? Dann – Jubel! – liebt sie einzig mich.

20

A woman's face, with nature's own hand painted,
Hast thou, the master-mistress of my passion;
A woman's gentle heart, but not acquainted
With shifting change, as is false women's fashion;

An eye more bright than theirs, less false in rolling,
Gilding the object whereupon it gazeth;
A man in hue, all hues in his controlling,
Which steals men's eyes and women's souls amazeth.

And for a woman wert thou first created,
Till nature as she wrought thee fell a-doting,
And by addition me of thee defeated,
By adding one thing to my purpose nothing.

But since she pricked thee out for women's pleasure,
Mine be thy love, and thy love's use their treasure.

Zweite Abteilung: Sonette des jungen Poeten an Ihn.
(*I am that I am*)

Natürlich feminin wirkt dein Gesicht,
du Herr – du Herrin – meiner Leidenschaft.
Dein sanftes Frauenherz ist dabei nicht –
wie das so vieler Frauen – flatterhaft.

Dein Blick ist souverän, entbehrt der Gier,
die Männer prägt. Er segnet, was er sieht.
Geformt als Mann, beherrschst du dein Revier,
beeindruckst beiderlei Geschlecht. Ein Glied

gab die Natur, die dich als Frau zuerst
entwarf, dann irre wurde, dir, um mich
zu triezen, keinen Nutzen ziehe ich

daraus. Die Dämchen werden feucht und wild.
Nun bitte, nimm, beglücke sie, als wärst
du Zeus. Solang mir deine Liebe gilt.

128

How oft, when thou, my music, music play'st,
Upon that blessed wood whose motion sounds
With thy sweet fingers, when thou gently sway'st
The wiry concord that mine ear confounds,

Do I envy those jacks that nimble leap
To kiss the tender inward of thy hand,
Whilst my poor lips, which should that harvest reap,
At the wood's boldness by thee blushing stand!

To be so tickled, they would change their state
And situation with those dancing chips,
O'er whom thy fingers walk with gentle gait,
Making dead wood more blest than living lips.

Since saucy jacks so happy are in this,
Give them thy fingers, me thy lips to kiss.

Du selber bist Musik. Doch schlägst du gar
mit feinen Fingern sanft die Tasten an
und spielst mir den Akkord, der wunderbar
mein Ohr verhext – das Holz beneid ich dann,

das deine Fingerkuppen küßt. Mein Mund
steht offen, dumm herum. Ich wollt', er wär'
aus jenem Holz, auf dem du wandelst und
improvisierst. Hab Lippen, die noch sehr

lebendig sind – ich tauschte sie gern ein,
um so begangen und berührt zu sein
von dir wie diese kühlen Tasten. Laß

die Schlingel tönen und vor Inbrunst wippen,
auf Saiten hämmern, glücklich sein. Das paßt.
Gib ihnen deine Finger, mir die Lippen.

28

How can I then return in happy plight,
That am debarred the benefit of rest?
When day's oppression is not eased by night,
But day by night and night by day oppressed?

And each, though enemies to either's reign,
Do in consent shake hands to torture me,
The one by toil, the other to complain
How far I toil, still farther off from thee.

I tell the day to please him thou art bright,
And dost him grace when clouds do blot the heaven.
So flatter I the swart-complexioned night,
When sparkling stars twire not thou gild'st the even.

But day doth daily draw my sorrows longer,
And night doth nightly make grief's length seem stronger.

Wie kehr ich je zurück in meine Spur?
Bin ruhelos, wo Alltagsgrauen nur
von Schlaf gelindert wär. Ist mir verwehrt.
Der Tag verdirbt die Nacht. Und umgekehrt.

Rivalen sonst, sind sie verbündet, mich
zu foltern. Schufte tags, bin nachts dann trist
und einsam, ausgelaugt, vermisse dich.
Dem Tag sag ich, wie hell du immer bist,

als Nebensonne Licht dem Dunkel leihst.
Erzähl der Nacht, wie du zu glitzern weißt,
wenn selbst der Sterne ferner Glanz vergeht

und du statt ihrer strahlst. Von früh bis spät.
Doch jeder Tag verlängert nur mein Elend,
und jede Nacht ist elend lang und quälend.

23

As an unperfect actor on the stage,
Who with his fear is put besides his part,
Or some fierce thing replete with too much rage,
Whose strength's abundance weakens his own heart;

So I, for fear of trust, forget to say
The perfect ceremony of love's rite,
And in mine own love's strength seem to decay,
O'ercharged with burden of mine own love's might.

O let my books be then the eloquence
And dumb presagers of my speaking breast,
Who plead for love and look for recompense
More than that tongue that more hath more expressed.

O learn to read what silent love hath writ!
To hear with eyes belongs to love's fine wit.

Bin wie ein Bühnen-Frischling, der den Text
vergißt vor Lampenfieber, bin perplex.
Und wie ein Tier, gereizt, sich Blößen gibt
durch zuviel Kraft und Wut, bin ich verliebt,

doch ohne Selbstvertrauen, finde nicht
die rechten Worte, auszudrücken, was
ich fühle, fühl zuviel. Drum bitte laß
die Verse für mich sprechen. Mein Gedicht

drückts besser aus als meine Brust, selbst wenn
ich eloquenter wär. Lies du dies denn
als Antrag, der, verbal, gestottert käm,

zu linkisch klänge – wenig angenehm.
Doch deiner Liebe Feinsinn wird dich lehren,
mit Augen leise Zeilen laut zu hören.

98

From you have I been absent in the spring,
When proud-pied April dress'd in all his trim
Hath put a spirit of youth in every thing,
That heavy Saturn laugh'd and leap'd with him.

Yet nor the lays of birds nor the sweet smell
Of different flowers in odour and in hue
Could make me any summer's story tell,
Or from their proud lap pluck them where they grew;

Nor did I wonder at the lily's white,
Nor praise the deep vermilion in the rose;
They were but sweet, but figures of delight,
Drawn after you, you pattern of all those.

Yet seem'd it winter still, and, you away,
As with your shadow I with these did play.

Ich hab dich sehr vermißt, den Frühling über.
April kann eitel sein, er hat Esprit
versprüht, auch Leichtsinn. Selbst ein oft so trüber
Saturn sang lachend seine Melodie.

Doch weder Blumenduft noch Vogelsang
erzählten mir ein Sommermärchen, nein,
ich ließ die Blüten ungepflückt. Solang
du fehlst, wird um mich weiter Winter sein.

Das Lilienweiß, das tiefe Rot der Rosen –
schnurz – denn deren Farbe und Figur
verblassen doch vor deiner Schönnatur,

Attrappen, nette Frühlings-Preziosen.
Mich bücken, um daran zu schnuppern, wär
nur Spiel mit deinem Schatten, wenig mehr.

27

Weary with toil, I haste me to my bed,
The dear repose for limbs with travel tired;
But then begins a journey in my head
To work my mind, when body's work's expired:

For then my thoughts, from far where I abide,
Intend a zealous pilgrimage to thee,
And keep my drooping eyelids open wide,
Looking on darkness which the blind do see:

Save that my soul's imaginary sight
Presents thy shadow to my sightless view,
Which, like a jewel hung in ghastly night,
Makes black night beauteous, and her old face new.

Lo, thus by day my limbs, by night my mind,
For thee, and for myself, no quiet find.

Von Arbeit ausgelaugt, geh ich zur Ruh,
mein müder Leib benötigt Schlaf. Sofort
beginnt im Kopf die Pilgerfahrt vom Ort,
an dem ich bin, dir fern, dorthin, wo du

grad bist. Die schweren Augen werden wach
und finden sich in tiefster Dunkelheit
wie Blindgeborene zurecht. Der Nacht,
obschon es nichts zu sehen gibt, entleiht

mein Geist durch Phantasie ein Bild von dir,
das strahlt, als wär's ein Lichtjuwel. Durch dein
Phantom wird Finsternis zum Hort des Schönen

und Schwarz das neue Bunt. Doch fehlst du mir,
kann nie mein Leib sich mit dem Tag noch mein
Gemüt sich mit der Nacht jemals versöhnen.

43

When most I wink, then do mine eyes best see,
For all the day they view things unrespected;
But when I sleep, in dreams they look on thee,
And, darkly bright, are bright in dark directed.

Then thou, whose shadow shadows doth make bright,
How would thy shadow's form form happy show
To the clear day with thy much clearer light,
When to unseeing eyes thy shade shines so?

How would, I say, mine eyes be blessed made
By looking on thee in the living day,
When in dead night thy fair imperfect shade
Through heavy sleep on sightless eyes doth stay?

All days are nights to see till I see thee,
And nights bright days when dreams do show thee me.

Der Schlaf schärft meinen Blick, der wach so viel
Bedeutungsloses sieht. Jedoch – bei Nacht,
im Traum, erjagt er dich, gewinnt ein Ziel:
dein Abbild, das selbst Schatten leuchten macht.

Wie würdest du im Tageslicht, wenn nichts
dein Glänzen filtert, wirken? Allzu grell
erstrahltest du, der mich des Nachts schon hell
geblendet hat. Bin Zeuge deines Lichts,

dem Umriß deiner Anmut bis zuletzt,
sogar im Tiefschlaf, wehrlos ausgesetzt.
Und würde doch erlöst, gesegnet sein,

erblickt ich endlich dich im Sonnenschein.
Denn Tag wird Nacht, und jede Nacht, bis wir
uns wiedersehn, taghell – träum ich von dir.

57

Being your slave, what should I do but tend
Upon the hours and times of your desire?
I have no precious time at all to spend,
Nor services to do, till you require.

Nor dare I chide the world without end hour
Whilst I, my sovereign, watch the clock for you,
Nor think the bitterness of absence sour
When you have bid your servant once adieu.

Nor dare I question with my jealous thought
Where you may be, or your affairs suppose,
But, like a sad slave, stay and think of nought
Save, where you are, how happy you make those.

So true a fool is love that in your will,
Though you do anything, he thinks no ill.

Als Eurem Sklaven ziemt es mir, bereit
zu stehn, bis es Verwendung für mich gibt.
Ich hab ja nichts von Wert mit meiner Zeit
zu tun, die mich auf Folterbänke schiebt,

bis Ihr mich braucht. Mein Herr! Ich würd nie wagen,
mich über mein Alleinsein zu beklagen,
mir grausam vorzustellen, wie das wird,
wenn Ihr mich einmal satthabt, abserviert.

Noch würd ich mir erdreisten, eifersüchtig
zu fragen, was Ihr treibt, mit wem und wo.
Denk nur daran, wie glücklich alle die,

die bei Euch sind, sein müssen. Gradeso
ist Sklavenliebe: schlicht und arglos. Sie
hält alles was Ihr tut, für gut und richtig.

121

'Tis better to be vile than vile esteemed,
When not to be receives reproach of being,
And the just pleasure lost which is so deemed
Not by our feeling but by others' seeing.

For why should others' false adulterate eyes
Give salutation to my sportive blood?
Or on my frailties why are frailer spies,
Which in their wills count bad what I think good?

No, I am that I am, and they that level
At my abuses reckon up their own;
I may be straight, though they themselves be bevel;
By their rank thoughts my deeds must not be shown,

Unless this general evil they maintain:
All men are bad, and in their badness reign.

Wär schlauer, schlimm zu sein, als vor der Welt
als schlimm zu gelten, insbesondre wenn
man's weder ist, noch, was sie unterstellt,
genießt. Warum sich Pharisäer denn,

die selber ständig freveln, über mein
Betragen echauffiern? Mit Fingern zeigt
bigottes Pack auf mich, ich bin geneigt,
das eher schlimm als mich zu finden. Nein –

bin, was ich bin. Die andern projiziern
nur eignen Dreck. Bin grad und jene krumm.
Sie messen mich mit ihrem Maßstab. Dumm

und arrogant. Sei denn, es wäre jetzt,
daß Menschen übel sind und reüssiern
in ihrer Schlechtigkeit, Naturgesetz.

61

Is it thy will thy image should keep open
My heavy eyelids to the weary night?
Dost thou desire my slumbers should be broken,
While shadows like to thee do mock my sight?

Is it thy spirit that thou send'st from thee
So far from home into my deeds to pry,
To find out shames and idle hours in me,
The scope and tenor of thy jealousy?

O no; thy love, though much, is not so great:
It is my love that keeps mine eye awake,
Mine own true love that doth my rest defeat,
To play the watchman ever for thy sake.

For thee watch I whilst thou dost wake elsewhére,
From me far off, with others all too near.

Gefällt es dir, wenn mir des Nachts dein Bild
die schlappen Augen aufreißt? Meinen Schlaf
im Keim bereits erstickt? Du geisterst wild
in mir herum. Sofern dein *Geist* mich traf.

Nicht eher ein *Spion*, der mein Revier
durchleuchtet? Wo, mit wem ich mir Pläsier
verschafft hab, untreu war? Ach, leider nein,
das wär zu schön. So groß, um klein zu sein,

ich meine: menschlich, rach- und eifersüchtig
ist deine Liebe nicht, wenn auch so wichtig.
Nur *meine* Liebe macht mich krank. Und irrt

besorgt umher, todmüde und verwirrt.
Hält Wacht. Wo immer du erwachst. Bist ja
so fern von mir – wie andern allzu nah.

66

Tyr'd with all these, for restful death I cry,
As to behold desert a beggar born,
And needy nothing trimmed in jollity,
And purest faith unhappily forsworn,

And gilded honour shamefully misplaced,
And maiden virtue rudely strumpeted,
And right perfection wrongfully disgraced,
And strength by limping sway disabled,

And art made tongue-tied by authority,
And folly, doctor-like, controlling skill,
And simple truth miscalled simplicity,
And captive good attending captain ill.

Tyr'd with all these, from these would I be gone,
Save that to die, I leave my love alone.

Erlös mich, Tod, ich hab das alles satt.
Wenn jemand von Verdienst zu betteln hat,
bei einem Nichts in Seide und Brokat,
Vertrauen nur belohnt wird mit Verrat,

wenn Anerkennung stets die Falschen schmückt,
aus Jungfraun Huren werden. Unverschämt,
wie Müll Vollkommenheit bepißt. Verrückt,
wie Schwaches, an der Macht, das Starke lähmt,

und Willkür Künstler zum Verstummen bringt,
wenn Blödes sich versteigt zum Arzt des Klugen,
wenn schlichte Wahrheit Schlichten simpel klingt.

Das Böse herrscht. Die Welt ist aus den Fugen.
All dessen müd, möcht ich gestorben sein.
Ließ ich nicht dich, mein Lieb, damit allein.

50

How heavy do I journey on the way,
When what I seek, my weary travel's end,
Doth teach that ease and that repose to say
›Thus far the miles are measured from thy friend!‹

The beast that bears me, tired with my woe,
Plods dully on, to bear that weight in me,
As if by some instinct the wretch did know
His rider loved not speed, being made from thee:

The bloody spur cannot provoke him on
That sometimes anger thrusts into his hide,
Which heavily he answers with a groan,
More sharp to me than spurring to his side;

For that same groan doth put this in my mind,
My grief lies onward and my joy behind.

Dritte Abteilung: Sonette an Ihn bei nahendem Alter und Tod (*All in War with Time for Love*)

So schwer fällt mir mein Weg. Erreiche ich
das Ziel der tristen Reise, werden mich
die vielen Meilen, die uns trennen, quälen.
Gibt keinen Trost, mein Freund. Du wirst mir fehlen.

Der Klepper, den ich reite, zockelt hin,
scheint meines Winselns müd, als wüßte er,
daß ich nicht leben will, wo ich dann bin,
und höhere Geschwindigkeit mir mehr

von deiner Nähe raubt. Die Sporen senk
ich ihm ins Fleisch, dem Leiden zu entfliehn.
Er reagiert mit schauerlichem Stöhnen,

das mich mehr schmerzt als jeder Stachel ihn –
gibt er doch Atem dem, was ich grad denk:
Verzweiflung droht. Das Ende alles Schönen.

15

When I consider every thing that grows
Holds in perfection but a little moment,
That this huge stage presenteth nought but shows
Whereon the stars in secret influence comment;

When I perceive that men as plants increase,
Cheered and checked even by the self-same sky,
Vaunt in their youthful sap, at height decrease,
And wear their brave state out of memory

Then the conceit of this inconstant stay,
Sets you most rich in youth before my sight,
Where wasteful time debateth with decay
To change your day of youth to sullied night,

And all in war with time for love of you,
As he takes from you, I ingraft you new.

Bedenk ich, wie denn alles, was entsteht,
ja einen Augenblick nur Perfektion
erlangt und von der großen Bühne geht,
in diesem Schauspiel Leben – sah ja schon

so manche Menschen wachsen, schnell wie Pflanzen,
in höchste Höhn, als hätte oben ein
Gestirn sie lieb, und sah sie saftvoll tanzen
und welken ins Alsbald-Vergessensein.

Vergänglichkeit ist als Idee famos.
Illuminiert des Lebens ganze Pracht
bevor sich Zeit und Tod um jedes Los

ereifern, prahlen, *wie* sie Licht in Nacht
verwandeln. Ich, aus Liebe, schaffe Lieder –
mach neu, was sie dir nehmen, gebs dir wieder.

22

My glass shall not persuade me I am old
So long as youth and thou are of one date;
But when in thee time's furrows I behold,
Then look I death my days should expiate.

For all that beauty that doth cover thee
Is but the seemly raiment of my heart,
Which in thy breast doth live, as thine in me.
How can I then be elder than thou art?

O therefore, love, be of thyself so wary
As I, not for myself, but for thee will,
Bearing thy heart, which I will keep so chary
As tender nurse her babe from faring ill.

Presume not on thy heart when mine is slain;
Thou gav'st me thine not to give back again.

Kein Spiegel, der mich ernsthaft glauben macht,
ich wäre alt, wo du so jung noch bist.
Erst wenn auch dich der Zahn der Zeit anfrißt,
zieh ich den Tod mal näher in Betracht.

Dank deiner Schönheit blüht mein Herz und pocht
in deiner Brust wie deins in meiner lebt.
Wie könnt ich älter sein als du? Jedoch –
gib acht auf dich, wie ich auf mich achtgeb.

Mein Lieb, das ist nicht eigensüchtig, nein,
ich will zu deinem Herzen zärtlich sein,
als wärs ein kränklich Kind. Zähl bitte nicht

darauf, daß du, wenn meines mal zerbricht,
das deinige zurückbekommst. War ein
Geschenk von dir – ist nun für immer mein.

29

When in disgrace with fortune and men's eyes
I all alone beweep my outcast state,
And trouble deaf heaven with my bootless cries,
And look upon myself, and curse my fate,

Wishing me like to one more rich in hope,
Featured like him, like him with friends possessed,
Desiring this man's art, and that man's scope,
With what I most enjoy contented least;

Yet in these thoughts myself almost despising,
Haply I think on thee, and then my state,
Like to the lark at break of day arising
From sullen earth, sings hymns at heaven's gate.

For thy sweet love remembered such wealth brings
That then I scorn to change my state with kings.

Die Welt mißachtet mich, ich bin vom Glück
verlassen, schrei mein Ausgestoßensein
hinauf zum tauben Himmel, bin ganz klein,
betrachte mich, verfluche mein Geschick.

Bin neidisch auf des einen Wohlgestalt,
des andern Freundeskreis, des einen Kraft,
des andern Potential und Wortgewalt.
Was sonst mir Freude macht, wird ekelhaft.

Beinahe hassen könnt ich mich derzeit –
gäbs nicht auch immer dich. Du bist mir hold.
So wie am Morgen eine Lerche fliegt,

den Wolken Hymnen singt, in Ewigkeit,
besing ich dich, denn deine Liebe wiegt
viel mehr als irgendeines Königs Gold.

30

When to the sessions of sweet silent thought
I summon up remembrance of things past,
I sigh the lack of many a thing I sought,
And with old woes new wail my dear time's waste.

Then can I drown an eye unused to flow,
For precious friends hid in death's dateless night,
And weep afresh love's long since cancelled woe,
And moan th' expense of many a vanished sight:

Then can I grieve at grievances foregone,
And heavily from woe to woe tell o'er
The sad account of fore-bemoaned moan,
Which I new pay as if not paid before.

But if the while I think on thee, dear friend,
All losses are restor'd and sorrows end.

In stillen Augenblicken denk ich an
Vergangenes. So viel blieb unerreicht.
Vergeude Zeit, die bleibt, ja allzuleicht
mit schon gelittnem Leid, gedenke dann

der toten guten Freunde, weine (wein
ansonsten kaum) um lang verlorne Lieben,
um Dinge gar, ich traure übertrieben,
gewiss – und steiger mich noch mehr hinein.

Verbittert ziehe ich Bilanz und zähle
zuvieles auf, was meine triste Seele
vor Zeiten quälte, zahle neu, als hätt

ich nicht zuvor genug dafür bezahlt.
Doch denk ich, lieber Freund, an dich, erstrahlt
die Welt, du machst mir die Verluste wett.

33

Full many a glorious morning have I seen
Flatter the mountain tops with sovereign eye,
Kissing with golden face the meadows green,
Gilding pale streams with heavenly alchemy;

Anon permit the basest clouds to ride
With ugly rack on his celestial face,
And from the forlorn world his visage hide,
Stealing unseen to west with this disgrace:

Even so my sun one early morn did shine
With all triumphant splendor on my brow;
But out, alack, he was but one hour mine;
The region cloud hath masked him from me now.

Yet him for this my love no whit disdaineth;
Suns of the world may stain when heaven's sun staineth.

Manch gloriosen Morgen sah ich schon,
wenn Sonnengold die Gipfel und den Fluß
hell glitzern ließ, der Himmel einen Kuß
junggrünen Wiesen gab. Sah Sonne von

Gewölk auch mal – und finsterstem – entstellt,
derart maskiert im Westen untergehn,
um ihr besudelt Antlitz ungesehn
diskret vorbeizuschleppen an der Welt.

Genauso glorreich strahltest du mir einst.
Hab eine Morgenstunde lang dein Licht
genossen, das zur Zeit ein Leichtgewicht

und Finsterling genießt. Mein Lieb, du meinst,
ich mein's als Vorwurf? Nein, das läg mir fern.
Was Sonne darf, darf auch ein Erdenstern.

71

No longer mourn for me when I am dead
Than you shall hear the surly sullen bell
Give warning to the world that I am fled
From this vile world with vilest worms to dwell:

Nay, if you read this line, remember not
The hand that writ it, for I love you so
That I in your sweet thoughts would be forgot,
If thinking on me then should make you woe.

O, if, I say, you look upon this verse
When I perhaps compounded am with clay,
Do not so much as my poor name rehearse,
But let your love even with my life decay,

Lest the wise world should look into your moan
And mock you with me after I am gone.

Wenn ich gestorben bin, beweine mich
nicht länger, als die Totenglocke schlägt
und der verwurmten Welt erzählt, wer sich
davongemacht hat, künftig Umgang pflegt

mit echten Würmern. Liest du dies, vergiß,
von wessen Hand es stammt. Vergessen sein
ist besser, als zu wissen, daß du mein
gedenkst, beim Mich-Vermissen traurig bist.

So lieb ich dich. Wenn Erde mich zersetzt
und mal dein Blick auf diese Verse fällt,
erwähne meinen Namen nicht und laß

die Liebe mit mir sterben. Will nicht, daß
man bohrt und ätzt, die oberschlaue Welt
mich noch posthum benutzt und dich verletzt.

113

Since I left you, mine eye is in my mind,
And that which governs me to go about
Doth part his function, and is partly blind,
Seems seeing, but effectually is out;

For it no form delivers to the heart
Of bird, of flower, or shape which it doth latch.
Of his quick objects hath the mind no part,
Nor his own vision holds what it doth catch;

For if it see the rud'st or gentlest sight,
The most sweet favoured or deformed'st creature,
The mountain or the sea, the day or night,
The crow, or dove, it shapes them to your feature.

Incapable of more, replete with you,
My most true mind thus makes mine eye untrue.

Seitdem ich von dir ging, ist nichts mehr klar.
Ich sehe halb, halb bin ich blind und geh
dahin, und einfach nichts ist einfach wahr.
Die Augen schauen was, was ich nicht seh'.

Obs Vögel oder Blumen sind – das spielt
ja keine Rolle, mich beherrscht dein Bild,
ein Vorbild, das nichts duldet neben sich,
egal, ob's häßlich ist, ob ansehnlich.

Und was ich seh, die Berge und das Meer,
ob Schönheit oder Monstren, Tauben, Krähen –
sogar der Tag, die Nacht sind mir seither

dich nachahmende Schemen – so gesehen.
Bin voll von dir, bin treu, fixiert auf dich.
Und was mir fehlt – halluziniere ich.

100

Where art thou, muse, that thou forget'st so long,
To speak of that which gives thee all thy might?
Spend'st thou thy fury on some worthless song,
Darkening thy power to lend base subjects light?

Return, forgetful muse, and straight redeem,
In gentle numbers time so idly spent;
Sing to the ear that doth thy lays esteem
And gives thy pen both skill and argument.

Rise, resty muse, my love's sweet face survey,
If Time have any wrinkle graven there;
If any, be a satire to decay,
And make time's spoils despised every where.

Give my love fame faster than time wastes life,
So thou prevent'st his scythe and crooked knife.

Wo bist du, Muse? Schweigst zu lange schon,
statt Macht, die du besitzt, mir neu zu leihn.
Verschwendest du dein Licht auf Lieder von
geringem Wert? Das würde dich entweihn.

Zerstreute Muse, schenk mir deine Gunst!
Sie wird hier schwer vermißt. Ins Ohr soufflier
Ideen mir, die ich dank meiner Kunst
mit Witz und eignen Worten ausstaffier.

Erheb dich, faules Stück, sieh nach, ob Zeit
ins Antlitz meiner Liebe Falten schlug.
Und wär dem so, spiel der Vergänglichkeit

'nen Streich, mit Spott und bitte schnell genug,
der Liebe noch ein Monument zu setzen,
bevor die Jahre ihre Messer wetzen.

73

That time of year thou mayst in me behold
When yellow leaves, or none, or few, do hang
Upon those boughs which shake against the cold,
Bare ruin'd choirs, where late the sweet birds sang.

In me thou seest the twilight of such day
As after sunset fadeth in the west,
Which by and by black night doth take away,
Death's second self, that seals up all in rest.

In me thou see'st the glowing of such fire
That on the ashes of his youth doth lie,
As the death-bed whereon it must expire
Consumed with that which it was nourish'd by.

This thou perceivest, which makes thy love more strong,
To love that well which thou must leave ere long.

Du siehst in mir die Jahreszeit, wenn kaum
noch gelbe Blätter hängen – oder keine –
an einem halberfrornen, nackten Baum.
So still ists wie in Kirchruinen, seine

Gesänge hat der süße Vogel früh
hinausgezwitschert. Abend wirds und kalt
versackt die Sonne in der Nacht. Perdu.
Du siehst den Tod, der mich umrahmt. Bin alt.

Aus meiner Asche glimmt ein Flämmchen noch –
das schnell erlischt, verzehrt von dem, davon
es sich ein Leben lang ernährte. Doch:

Du siehst mich an. Bist dessen dir bewußt,
und deine Liebe stärkt es nur, obschon
du bald für immer von mir lassen mußt.

18

Shall I compare thee to a summer's day?
Thou art more lovely and more temperate:
Rough winds do shake the darling buds of May,
And summer's lease hath all too short a date:

Sometime too hot the eye of heaven shines,
And often is his gold complexion dimm'd;
And every fair from fair sometime declines,
By chance or nature's changing course untrimm'd;

But thy eternal summer shall not fade
Nor lose possession of that fair thou ow'st;
Nor shall Death brag thou wander'st in his shade,
When in eternal lines to time thou grow'st:

So long as men can breathe or eyes can see,
So long lives this, and this gives life to thee.

Du glichest einem Sommertag, ist leicht
dahingesagt – und trifft dich nicht. Bis in
den Mai droht Knospen Frost und Sommersfrist
eilt schnell vorbei und Hitze trübt zu oft

das Gold der Sonnenzeit. Ach nein, du bist
viel holder, angenehmer. Kein Vergleich.
Das Schönste gar wird aussortiert, durch die
Natur, die neue Wege geht, manchmal

durch Zufall auch. Unendlich aber wird
dein Sommer sein und deine Schönheit nie
vergehn. Gibt keinen Tod, der dich bedroht.

Vor meinen Versen endet sein Regime.
Solang es Atem gibt und Augenlicht,
lebt dies Gedicht – und du, mein Lieb, in ihm.

Nachweise

Gottfried Benn: Ein Wort, in: G. B.: *Statische Gedichte.* Hrsg. von Paul Raabe.

Bertolt Brecht: Erinnerungen an die Marie A., in: B. B.: *Werke. Große kommentierte Berliner und Frankfurter Ausgabe,* Band 11: Gedichte 1.

Paul Celan: Todesfuge, in: P. C.: *Mohn und Gedächtnis.*

Cesare Pavese: Verrà la morte, in: C. P.: *Verrà la morte e avrà i tuoi occhi.*